KB144582

그 여름의 끝

그 여름의 끝

초판 1쇄 발행 2022년 1월 28일

지은이 이진미
펴낸곳 글라이더 **펴낸이** 박정화
편집 이고운 **일러스트** 김유진 **디자인** 디자인뷰 **마케팅** 임호

등록 2012년 3월 28일(제2012-000066호)
주소 경기도 고양시 덕양구 화중로 130번길 14(아성프라자)
전화 070)4685-5799 **팩스** 0303)0949-5799
전자우편 gliderbooks@hanmail.net **블로그** https://blog.naver.com/gliderbook
ISBN 979-11-7041-096-6 (43810)

책값은 뒤표지에 있습니다.
잘못된 책은 바꾸어 드립니다.

글라이더는 독자 여러분의 참신한 아이디어와 원고를 설레는 마음으로 기다리고 있습니다.
gliderbooks@hanmail.net 으로 기획의도와 개요를 보내 주세요. 꿈은 이루어집니다.

그 여름의 끝

이진미 글 · 김유진 그림

글라이더

그 여름 나무,
백일홍입니다

아빠가 집을 나갔다.

그날도 여느 때와 다른 점은 없었다. 지루한 장마로 습기를 머금은 벽지가 유난히 쭈글쭈글했다는 것만 빼면 말이다. 매번 그랬듯, 저녁 식탁에서 시작된 부부의 다툼이 무엇 때문이었는지는 기억조차 없다. 이제 와 드는 생각이지만 시작이 어떻든 그건 애초에 중요하지 않았다. 아빠가 숟가락을 탁, 던지듯 내려놓아서 아니면 뜨거운 국물을 호호 불지 않고 후후 불어서? 뭐든 상관없었다. 아빠가 그저 숨만 쉬고 있다 해도 아마 그것 때문에 두 사람은 싸웠을 거다. 그 무렵 엄마는 지치지도 않고 아빠에게 시비를 걸었으니까.

고성이 오가고 엄마의 분노 게이지가 점차 높아지면, 보통 아빠는 그 자리에 있으면서도 없는 것처럼 유체이탈 기술을 쓰곤 했다. 그러면 엄마의 분노 게이지가 가파른 수직 상승 그래프를 그리다 이내 정점을 찍었고, 아빠가 조용히 방으로 들어가 달칵, 문을 닫으면 상황이 종료되는 것이었다. 아빠가 집을 나간 건 처음 있는 일이었다. 더 충격적이었던 건 아빠가 이미 집 나갈 채비를 해두었다는 사실이었다. 아빠는 언제든 나갈 준비가 되어 있던 거였다.

엄마는 믿을 수 없다는 표정으로 아빠가 신발 신는 걸 보고만 있었다. 그러다 아빠가 현관문 손잡이에 손을 올리자 마침내 소리를 꽥 질렀다.

"꼭 지금 이래야겠어? 좀 있으면 애가 고3인데!"

그 다급한 순간에 엄마가 쥐어 짜낸 수가 겨우 나라니. 한심해서 하품이 다 나왔다. 아빠도 마찬가지 생각을 한 걸까. 아빠는 내게 눈길을 힐끔 주더니 그대로 등을 돌려 나가버렸다.

"끝까지 지밖에 모르는 인간! 끔찍이도 이기적인 인간! 국대 대학이나 가고 나면 나가지. 자식 위해서 일 년 참아주는 게 그렇게도 어렵니!"

엄마는 닫힌 현관문을 향해 악에 받친 소리를 쏟아냈다. 마침내 아빠의 마지막 발소리마저 사라졌을 때, 엄마는 그 자리에 풀썩 주저앉았다. 그 순간 엄마가 꽃병처럼 깨지는 소리를 들은 것도 같았다. 언젠가 이런 날이 올 거란 걸 엄마는 정말 단 한 번도 생각해보지 않은 걸까.

내 모의고사 성적이 바닥을 향해 맹렬한 속도로 하락할 때도 엄마는 아빠만 원망했다.

"괜찮아, 네 탓 아니야. 집구석이 이 모양인데 무슨 공부가 되겠어?"

고개 숙인 내 앞에서 엄마는 또 아빠를 저주했다. 그동안의 불화와 엄마 인생의 모든 불행을 모조리 아빠 탓으로 돌렸던 것과 마찬가지로 참으로 단순하고 명쾌하게.

"달랑 일 년을 못 참고 하나뿐인 자식 발목을 잡아? 징그러운 인간."

엄마의 화살이 나를 비껴간 건 환영할 일이긴 했다. 하지만 난 고등학교 2학년이었고, 우리 가족의 특성상 이미 한참 전에 부모님에게서 심리적인 독립을 끝마쳤다. 아빠의 가출 때문에 성적이 떨어질 일은 없다는 뜻이다. 엄마가 믿고 싶었던 것과는 달리 유난히 긴 장마 끝에 찾아온 뜨거웠던 그 여름, 내가 공부와 멀어지게 된 이유는 따로 있었다.

열여덟, 붉게 타오르는 백일홍처럼 내 심장을 달군 첫사랑이 시작된 것이다.

차례

일러두기

• 이 소설은 이성복의 시 〈그 여름의 끝〉《그 여름의 끝》(1994), 문학과지성사)에서 영감을 얻어 쓴 것으로, 제목과 목차를 해당 작품에서 일부 빌려왔음을 밝힙니다.

1

붉은
꽃봉오리를
매달았습니다

그해 여름은 길고 지루한 비로 시작되었다. 흙탕물을 뒤집어쓴 것처럼 잔뜩 흐린 하늘은 때때로 발작하듯 물폭탄 같은 비를 뿌려댔다. 끝날 것 같지 않던 장마가 잠시 숨을 고르려는지 모처럼 한발 물러난 아침이었다. 반짝 고개를 내민 아침 햇살이 거짓말처럼 느껴졌다. 교실은 수컷들의 퀴퀴한 호르몬 냄새와 오랜 비가 남긴 눅눅함이 뒤섞여 요동치고 있었다. 햇빛이 그간의 소원함을 한꺼번에 보상이라도 하려는 듯 쏟아지고 창가엔 눈부시게 먼지가 피어올랐다. 담임의 뒤를 따라 녀석이 교실에 처음 들어서던 순간을 잊지 못한다.

녀석은 흔한 그레이 백팩을 한쪽 어깨에 걸치고 삐딱한 자세로 서 있었다. 큰 키에 호리호리한 체격, 창백하리만치 하얀 얼굴에는 파란 실핏줄이 설핏 비치는 듯도 했다. 녀석은 들이치는 햇살에 눈이 부신 듯, 쌍꺼풀 없는 눈을 살짝 찡그리고 있었다. 흰 교복 셔츠가 유난히 하얗게 빛나서였을까. 녀석의 첫인상은 퍽 깔끔해 보였지만 너희 따위에게 관심 없다는 듯 새침한 표정은 솔직히 좀 재수 없긴 했다.

"전학생이다."

담임이 녀석을 힐끔 보며 덧붙였다.

"강남에서 왔으니 긴장들 해라."

"우-우-우-우." 짐승들이 일제히 야유를 퍼부었다.

하지만 녀석은 조금도 동요하지 않았다. 무표정한 얼굴로 줄곧 허공 어딘가에 시선을 보낼 뿐이었다.

"반 친구들한테 인사해라."

담임의 말에 녀석이 내키지 않는 얼굴로 입을 열었다.

"서동욱입니다."

딱 한 마디. 그게 다였다.

실은 긴장하고 있던 걸까. 어쩐지 날이 선 목소리였다.

"뭐야, 저 새끼. 강남 출신이면 다야?"

"지금 우리 무시하는 거지?"

곳곳에서 웅성거리는 소리가 들렸지만, 녀석에게는 들리지 않는 모양이었다. 녀석의 아랑곳하지 않는 태도는 분명 사람을 기분 나쁘게 하는 구석이 있었다. 하지만 왜였을까. 내겐 녀석의 냉소적인 표정이 처음부터 진심 같아 보이지 않았다. 어쩐지 뻣뻣한 가면을 쓰고 부러 심통을 부리는 어린애와 비슷한 느낌이었다.

교탁 앞에 선 녀석의 머리 뒤로 은은한 빛이 어른거렸다. 열린 커튼 사이로 비친 아침 햇살이었을까. 옆에 앉은 상혁이를 쿡 찔렀다.

"저 앞에 번쩍거리는 거, 저거 뭐냐?"

엎어져 침 흘리던 상혁이는 게슴츠레한 눈으로 지그시 앞을 보더니, 잠에 취한 목소리로 말했다.

"번쩍거리긴 뭐가 번쩍거려."

난 상혁이 뒤통수를 한 대 갈겼다.

"잠이나 자라."

사실 딱히 특별할 것 없는 모습이었다. 남들 다 입는 교복을 입고 흔해 터진 가방을 멘 고등학생. 그런데 어쩐지 자꾸만 눈길이 갔다. 무심한 듯 한사코 멀리 달아나려는 눈빛과 고집스럽게 앙다문 입술이 무언가를 애써 감추고 있는 것만 같았다.

"전학생 왔다고 쓸데없이 서열 정리 같은 거 할 생각들 하지 말고, 주먹다짐할 시간에 공부나 해. 고2 여름방학이 성적 올릴 마지막 기회야. 고3 되면 개나 소나 열심히 하는 거 알지? 찬바람 불면 그땐 이미 끝난 거야. 다들 알아듣겠어?"

담임은 긴 잔소리 끝에 전학생을 빈자리에 앉혔다. 창가 네 번째. 대각선으로 시선을 주면 녀석의 뒷모습과 옆모습이 보였다. 담임이 나가자 교실은 곧 소란스러워졌다. 움직이는 필름 속에서 오직 녀석만 미동도 없이 앉아 있었다. 마치 녀석을 둘러싼 시공간만 정지한 것처럼 묘한 느낌이었다. 나도 모르게 자꾸만 녀석의 뒷모습에 눈길이 갔다. 과연 언제쯤 녀석이 정적을 깰지 호기심이 일기도 했다.

수업이 시작되었지만, 녀석의 눈길은 여전히 창밖을 향하고 있었다. 나도 따라 창밖으로 시선을 옮겼다. 운동장에 재미난 구경거리라도 있나 싶어서였다. 하지만 아무것도 없었다. 굳이 찾자면 화단에 심은 배롱나무에 붉은 꽃봉오리가 올라오기 시작했다는 것 정도? 볼거리라곤 그게 전부였다.

실은 저 나무 이름이 배롱나무라는 것도, 다른 이름은 목백일홍 이라는 것도 국어샘 때문에 알게 된 거다. 창밖 좀 내다봐라, 이놈 들아. 저렇게 꽃이 피는데. 중간고사가 코앞인 어느 날 국어샘이 그렇게 말했을 때, 나를 포함한 반 애들 표정은 하나같이 떨떠름 했더랬다. 하긴 꽃은 봐서 뭘 하겠냐, 너희가 꽃인데.(알고 보니 이 건 어느 시의 한 구절이란다.) 그 말에는 대놓고 낄낄거렸댔지. 근데 녀석이 줄곧 눈을 떼지 않는 게 저 백일홍 꽃봉오리일까?

나는 슬슬 애가 탔다. 하필 1교시가 영어 시간이었다. 영어는 이십 년 전부터 우리 학교에 있었다는데, 이십 년 내내 별명이 '불 독'이었다. 수업 시간에 졸거나 딴짓하는 학생에게 닥치는 대로 어려운 질문을 던졌다. 대답을 해내도 질문을 그치지 않고 결국 두 손 들고 말 때까지 물고 늘어진다고 해서 붙은 별명이다. 아니 나 다를까. 불독의 매서운 눈이 새로 온 녀석을 비껴갈 리 없었다.

"어이, 거기. 전학생인가?"

"강남에서 왔대요."

누군가 이죽거렸다. 불독의 눈썹이 꿈틀했다.

"오, 그러셔? 그럼 영어 좀 하겠네. 너 일어나 봐."

녀석은 아주 천천히 자리에서 일어났다. 뒷모습이라 표정은 보

이지 않았지만 어떤 얼굴일지 대충 짐작이 갔다. 불독이 칠판에
단어를 휘갈겼다.

vulnerable

상혁이가 눈을 비볐다.

"뭐야, 저게? 뭐라고 쓴 거야?"

일부러 필기체로 갈겨 쓴 게 분명했다. 대답하지 못해 당황하
는 모습을 보며 즐기는 변태 같으니라고! 불독이 턱을 치켜들고,
"무슨 뜻이야?" 거만하게 물었다.

교실은 고요했다. 녀석이 쩔쩔매는 걸 즐기는 사람은 불독만이
아니었다. 모두가 숨을 죽이고 '강남에서 온 재수 없는' 전학생이
고작 영어단어 앞에서 식은땀 흘리는 모습을 감상하고 있었다. 불
독이 의기양양해서 말했다.

"뭐야, 몰라? 이 정도 단어도 모르면서 수업 시간에 딴짓하고
있는 거야?"

그 말에 호응하듯 몇몇 애들은 대놓고 빈정거렸다.

"강남도 별거 없네?"

그때 녀석이 입을 열더니 완벽한 영어로 말했다.

"able to be easily physically, emotionally, or mentally hurt,
influenced, or attacked."

너무 빨리 말해서 제대로 알아들을 수조차 없었다. 하지만 불독
의 표정이 굳은 걸 보면 정확한 답을 말한 모양이었다.

"I feel so vulnerable standing here that I wish I could sink through the floor." 녀석은 이어서 덧붙였다.

불독의 입이 떡 벌어졌다. 교실은 찬물을 끼얹은 것처럼 조용해졌다. 영어 공부를 안 한 게 이렇게 후회되기는 처음이었다. 녀석이 도대체 뭐라고 한 건지 궁금해서 견딜 수 없었다. 불독은 성난 황소처럼 콧김을 뿜더니 말했다.

"앉아."

녀석은 자리에 털썩 주저앉더니 보란 듯 창가로 고개를 돌렸다. 하지만 불독은 더 이상 녀석을 건드리지 못했다. 대신 우리를 향해 소리를 버럭 질렀다.

"뭣들 하고 있어. 책 펴!"

누군가 녀석을 향해 툭 내뱉은 소리가 똑똑히 들렸다.

"싸가지네."

녀석은 들리지 않는 것처럼 창 너머로 시선을 보낸 채 꼼짝도 하지 않았다. 꼿꼿이 세우고 앉은 녀석의 등을 물끄러미 바라보았다. 마음속에서 잔잔한 물결이 천천히 일렁였다.

♥❀♥

그 무렵 엄마와 아빠의 싸움은 한층 더 격렬해지고 있었다. 아니, 싸움이라면 아빠가 너무 억울하겠다. 엄마 쪽의 일방적인 전쟁 도발이라는 게 더 정확한 표현이다.

패턴은 이랬다. 엄마가 들어온다. 일단 신발을 벗어 던지는 소리부터 짜증이 묻어 있다. 장바구니를 식탁 위에 던진다. 통조림이나 호박 같은 것이 바닥에 떨어져 굴러간다. 그날은 하필 퍽 소리를 내며 1리터짜리 우유팩이 터졌다. 순식간에 하얀 우유가 부엌을 넘어 거실까지 강처럼 흘렀다. 엄마의 반응은 정말 대단했다. 방에 틀어박혀 웬만한 소란에는 꿈쩍도 안 하던 아빠는 물론 나까지 놀라서 뛰어나왔다. 아빠가 날 보고 이렇게 말했다.

"엄마가 갱년기라서 그래."

아빠는 내가 충격이라도 받을까 봐 걱정된 모양이었다. 하지만 그 말은 엄마를 더 열받게 했다.

그리하여 그날은 한층 더 격렬한 수준의 패턴을 이어갔다. 엄마가 아빠를 향해 악다구니를 쓴다. 아빠는 묵묵히 걸레와 세숫대야를 가져와 바닥의 우유를 닦고 걸레를 짠다. 그 옆에서 엄마는 정신 나간 사람처럼 앉아서 한탄과 넋두리를 이어간다. 중간중간 아빠에 대한 저주의 말도 빼놓지 않는다. 마침내 일을 다 끝마친 아빠가 다시 방으로 들어가고 탁, 문이 닫히면 엄마는 무릎을 감싸고 앉아 찔끔찔끔 울기 시작한다. 하염없이 중얼거리면서.

"내가 누구 때문에 이렇게 됐는데. 내가 누구 때문에….'

난 이어질 2부가 두려워서 집 밖으로 나와 버렸다. 엄마가 고래고래 지르는 소리가 날 따라왔다.

"우국대! 너 저녁도 안 먹고 어딜 나가!"

그 와중에도 내 밥걱정이라니 정말 울 엄마, 자식 사랑 하나는 끝내준다.

　휴, 하고 한숨이 절로 나왔다. 날은 지긋지긋하게 더웠다. 장마가 남겨놓은 습기를 바싹 말리려는 건지 집요한 열기는 저녁이 되어도 물러갈 줄을 몰랐다. 이마에 흐르는 땀을 연신 닦으며 걷고 있을 때였다. 퍽!

　"우국대, 어디 가냐?" 등짝을 지나 척추 깊숙한 곳까지 찌릿한 아픔이 전해졌다. 채국희다!

　내게 소박한 소원이 하나 있다면 그건 바로 국희가 없는 동네로 이사하는 거다. 슬리퍼 끌고 동네를 돌아다니다가 난데없이 등짝 스매싱 당할까 걱정하지 않아도 되는 곳에서 살고 싶다. 그게 큰 욕심일까. 국희는 나랑 산후조리원 동기다. 난 태어나자마자 국희 옆에 눕혀졌다. 신생아가 주먹을 휘두를 수 있다면 국희는 아마 그때부터 날 때리기 시작했겠지.

　우리 엄마랑 국희 엄마가 하루 차이로 아기를 낳고 조리원에 입소했을 때 시드니올림픽이 한창이었다. 수유실에는 올림픽 경기가 생방송으로 날마다 중계되었고, 나란히 앉아 젖을 먹이던 엄마들은 단체로 애국심이 고양되어 앞다투어 아기에게 '국' 자 돌림 이름을 지어주었다. 국희와 난, 국자나 국수가 되지 않은 걸 그나마 다행으로 여기며 자랐다.

　하지만 국희는 어떤지 몰라도 난 내 이름이 어지간히 싫다. 이

름 때문에 뭐만 하면 '국가대표'란 별명이 따라붙으니…. 지각 한
두 번 했다고 지각 국가대표, 감기 걸려서 좀 훌쩍거리면 콧물 국
가대표 등. 더 지저분해서 차마 내 입으로 말하기 싫은 것도 많다.
    난 오만상을 찌푸린 채 말했다.

"국희야, 내가 널 생각해서 하는 말인데, 진지하게 진로를 다시 생각해 봐. 내가 보기엔 넌 투포환이나 해머 던지기 같은 게 딱이야."

"너 진짜!"

"진심이야."

"됐고, 너희 반에 전학생 왔다며?"

"벌써 여자 반까지 소문났냐?"

"걔 강남에서 내신 올(all) 1등급이었다며? 지금 문과반 다 바짝 쫄았잖아. 근데 왜 여기로 온 거래? 전학 오면 선택과목 달라서 불리할 텐데."

"몰라. 내가 그걸 어떻게 알아."

"내신 굳히기, 역시 그런 거겠지?"

"너도 걔 봤어?"

"응. 왜?"

채국희 앞에서는 무조건 말조심해야 한다. 애가 생긴 거랑은 다르게 눈치가 9백 단이다. 목소리만 들어도 내 속을 훤히 들여다본다. 그걸 알면서 나도 모르게 묻고 말았다.

"걔 어때?"

"그냥 뭐 별로."

"그래?"

국희의 시큰둥한 반응에 어쩐지 맥이 빠졌다. 난 뭘 확인하고 싶었던 걸까. 남녀를 떠나 유명한 영화배우나 아이돌 멤버 중에는, 인간보다 차라리 조각에 가까워서 훌륭한 예술작품을 감상하듯 자꾸만 눈길이 가는 사람이 있지 않나. 내가 녀석에게서 눈을 떼지 못한 건 예술적 아름다움에 대한 감탄 혹은 끌림, 그런 거였을 뿐이라고 그렇게 변명하고 싶었던 걸까.

"왜?"

국희의 눈알이 데굴데굴 굴러갔다.

"우국대 너 혹시?"

흡. 설마! 난 국희의 눈을 애써 피했다.

"뭐, 왜?"

국희가 실실 웃으면서 눈을 흘겼다.

"내가 전학생 좋아하기라도 할까 봐? 견제 들어가는 거야?"

"뭐?"

나는 기가 막혔다. 국희한테는 치명적인 병이 하나 있는데, 그건 바로 도끼병이다. 세상 모든 남자가 다 자기를 좋아한다고 믿는 도끼병. 물론 나도 예외는 아니다. 툭하면 가만히 있는 날, 자길 짝사랑하며 남몰래 애태우는 사람 취급이다.

내가 기억하기로는 유치원 때 어떤 남자애가 간식으로 나온 단팥빵을 국희한테 줬는데, 그날부터 국희의 도끼병이 발병했다. 그 남자애는 단팥을 싫어해서 주는 거라고 분명히 말했는데도 말이다. 약도 없는 도끼병, 내 친구 채국희는 도대체 언제까지 이 끔찍한 병을 앓아야 하는 걸까.

"걱정 마, 우국대. 그렇게 잘생긴 애는 내 스타일 아니야."

"야, 채도끼! 쫌!"

"흥흥흥."

"아오, 됐다 됐어."

국희 말대로 다른 애들은 녀석을 특별하게 여기는 것 같지 않았다. 그런데 나는 왜 자꾸만 녀석이 다른 애들과 달라 보일까. 녀석이 뭔가를 감추고 있는 것만 같다. 그게 뭔지 알고 싶은데 그런 마음이 도대체 왜 드는 걸까?

날씨 탓일 거야. 계속 음울한 날씨가 이어지다가 너무 오랜만에 해를 봐서 잠깐 정신이 나가버린 거라고. 그래, 설마 그럴 리 있겠어. 내가 그럴 리 없잖아. 태어나서 지금까지 단 한 번도 누구에게 설레어본 적 없었다. 여자를 좋아한 적도 없었지만, 그렇다고 남자한테 마음이 간 적은 더더구나 없었다. 난 그냥 쭉 모태솔로였고 그 사실에 불만도 없었다. 그런데 왜 하필 갑자기, 처음 본 그 녀석에게 이런 이상한 마음이 드는 거냐고!

난 애써 마음을 가라앉히려 했다. 내일이면 괜찮아질 거야. 자고 일어나면 우스워질 거라고. 잠깐의 해프닝이야. 그래, 그럴 거야.

"우국대, 어쩔 거냐고?"

"뭘 말이야?"

"연극부 말이야! 축제 때 공연할 거냐고?"

아, 연극부⋯. "미쳤냐? 말이 되는 소릴 해라."

국희는 입을 삐죽거렸다. 하지만 어쩔 수 없었다.

연극부는 정말이지 골칫덩이였다. '1인 1동아리'는 우리 학교의 특색사업으로 매주 수요일 방과 후에 동아리 활동을 했다. 생기부에 기록된 활동이 많을수록 대입에 유리하다고 학생들을 꼬드기면서 반강제로 동아리에 가입하게 했다. 외부에는 우리 학교가 입시교육에만 치중하지 않고 다양하고 창의적인 활동을 보장한다고 홍보했다. 물론 본인의 적성이나 재능에 따라 동아리를 선택해 즐겁게 활동하는 친구들도 있기는 하다. 하지만 나는 아니었다.

동아리를 정하는 날, 내가 평소처럼 멍때리고 있는 사이 인기 많은 동아리는 모두 정원이 차버렸다. 할 수 없이 남은 동아리에 들어갈 수밖에 없었고, 그게 연극부였다. 교감샘이 "연극부도 하나쯤 있어야지?" 한 마디 던진 탓에 구색 맞추는 용도로 급히 만들었지만, 정작 학생들은 아무도 신청하지 않았던 거다.

사실 영화를 보면 이런 개판 오 분 전 동아리에는 열정적인 지도교사라도 있기 마련인데, 우리에겐 그조차 없었다. 동아리실마저 없어서 망가진 책상과 의자가 쌓여 있는 창고가 연극부실이랍시고 배정되었다. 게다가 난 연극부에 가서까지 또 멍하고 있다가 결국 부장 자리까지 덜컥 맡게 되었다.

'어제도 오늘도 멍때리다가 내 이럴 줄 알았다.'

내가 죽고 난 뒤 비석에 새길 문구는 그날 그 순간 결정되었다.

연극부는 동아리라는 이름을 붙이기조차 아까웠다. 부원이라고 해봐야 다섯 명뿐이고, 그나마 본인 희망에 따라 연극부에 들어온 사람은 채국희 하나였다.

"사실 난 프리마돈나가 되는 게 꿈이었어. 연극부에서 드디어 내 꿈을 펼친다고 생각하니 정말 설레고 가슴이 뛰어."

국희는 시상식 무대에 오른 여배우처럼 들뜬 얼굴로 말했다. 그때 우당탕 소리를 내며 망가진 의자가 굴러떨어졌고, 풀썩이는 먼지를 뒤집어쓴 채 국희는 입을 다물어야 했다.

국희는 무대에 올라 자신의 도끼병을 본격적으로 발산하고 싶은 눈치였지만, 나머지 부원들은 모두 나처럼 할 수 없이 연극부로 밀려온 애들이었다.

만날 엎어져 잠만 자는 이상혁. 앤 동아리 정할 때도 내 옆에서 자고 있었다.

"깨어보니 칠판에 '김상혁 연극부'라고 쓰여 있더라고. 그래서 왔는데."

그렇다면 1학년에게 희망을 품어볼까. 1학년은 남학생 하나와 여학생 하나였다.

"저, 전 사실요, 연극은 제가 잘 모르는데요, 아니 해본 적은 없는데, 그게 그러니까 제가 좀 관심은 있거든요. 그렇다고 잘하는 거는 아니고 예전에 연극을 한 번 본 적이 있는데요, 그게 좀 괜찮았거든요. 예, 좀 괜찮았어요. 그게 내용이 뭐였냐면요. 어떤 거지가 주인공인데…"

양광수. 얜 적어도 무대 위에서 대사 까먹어서 멍청히 서 있을 걱정은 없겠다. 뭐라도 알아서 지껄이고 있을 테니까. 다른 한 명은 오선영. 앞머리 커튼으로 얼굴의 반을 가리고 있어 어떤 표정을 하고 있는지 전혀 모르겠다. 솔직히 얘가 동아리실에 들어섰을 때 흠칫 놀라지 않았다면 거짓말이다. 으스스한 분위기라 연극부에 왜 왔냐고 묻기도 솔직히 겁이 났다. 혹시 공포 장르를 무대에 올린다면, "주인공은 너로 정했다!"

이 애들과 연극 공연을 한다는 건, 봉 감독이 와도 불가능하지 않을까? 그런데 국희는 대체 뭘 믿고 그러는지 나를 볼 때마다 졸랐다.

"공연하자, 국대야! 응? 축제 때 공연하자니까?"

"다섯 명이 공연을 어떻게 해? 꿈도 꾸지 마!"

나는 실망한 국희를 남겨두고 휙 돌아서 버렸다.

♡❀♡

그날은 수요일이었다.

교실 뒤에 있는 사물함에서 학습지 파일을 꺼내고 있을 때였다.

"체육은 강당에서 해?" 녀석이 내게 말을 걸었다.

무심코 고개를 들었다가 녀석과 눈이 딱 마주쳤다! 전혀 예상하지 못한 일이었다. 난 잔뜩 당황해서 그만 파일을 떨어트렸다.

덕분에 흩어진 학습지를 줍는 척하며 벌겋게 달아오른 얼굴을 감출 수는 있었다.

"어, 어."

난 담담하게 대답하려고 무진장 노력했지만, 잔뜩 긴장해서인지 마치 로봇 음성처럼 들렸다. 그게 끝이 아니었다. 학습지를 주워 일어서다가 그만 녀석의 팔꿈치에 머리를 쿵 부딪치고 말았다.

"아얏."

이게 무슨 등신짓의 연속 플레이람. 난 인상을 확 구겼다. 내 표정을 봤는지 녀석이 말했다.

"미안."

녀석은 살짝 미소를 띤 채 정말 미안하다는 얼굴로 날 보고 있었다. 그래서 난 또 바보같이 더듬거리고 말았다.

"아, 그, 그게 아니고."

내가 아는 한 보통의 남자애들은 이런 상황에서 저렇게 말하지 않는다. 저렇게 웃지도 않는다. "뭐야, 새꺄." 하거나, 좀 심한 경우 "씨× 저리 꺼져." 한다. 보통의 남자애들과 부대끼며 지내는 나도 예외는 아니다. 그런데 녀석은 마치 드라마에 나오는 남자 주인공처럼 말했다. 녀석이 남들과 달라 보인다고 느낀 건 내 탓이 아니다. 내가 이상해서가 아니다. 그건 녀석이 정.말. 특별하기 때문이다.

그 생각은 마치 주문처럼 날 자유롭게 했다. 녀석에게 쏠리는 마음에 애써 제동을 걸던 브레이크를 제멋대로 해제해 버린 것이다. 다시 말하지만 그날은 수요일이었다. 수요일에는 방과 후에 동아리 활동을 한다.

동아리라고 부르기도 좀 애매하지만 어쨌든 우리는 매주 수요일 방과 후면 꾸역꾸역 창고, 아니 연극부실에 모였다. 하지만 나보고 뭘 어쩌라고? 그냥 각자 휴대전화와 함께 시간만 때울 뿐이었다. 국희는 걸그룹 뮤비를 틀어놓고 발을 까딱거렸고, 그 옆에서 상혁이는 숲속의 공주처럼 쌔근쌔근 잠을 잤다. 광수와 난 게임을 했고, 선영이는 웹툰이나 웹소설을 보는 눈치였다. 그날도 평소와 다르지 않았다. 그런데…!!

소리 없이 문이 열렸다. 불도 켜지 않은 컴컴한 창고에 한 줄기 빛이 들어왔다. 하얀 먼지가 은하수처럼 날아올랐다. 갑작스러운 빛에 나는 게임에서 손을 뗐다. 눈을 찌푸리며 앞을 본 순간, "팡!" 내 심장이 터져버렸다.(실은 게임 속 내 캐릭터가 장렬히 전사하는 소리였지만 어쨌든.)

녀석이 서 있었다. 동아리실의 풍경에 놀란 듯, 눈을 동그랗게 뜨고 있었다.

"여기… 연극부 맞아?"

아무도 대답을 안 했다. 녀석의 눈에 당황스러운 빛이 떠올랐다. 이러다 녀석이 그냥 가 버리면 어쩌지. 마음이 조급해진 나는 버럭 소리를 질렀다.

"어, 맞아!"

녀석이 어색한 미소를 지었다. 저 환장할 미소!

"드, 들어와."

목소리가 살짝 떨렸다.

내가 나서는 걸 다른 애들이 이상하게 생각하면 어쩌지, 하는 걱정도 잠시. 괜찮아, 난 연극부 부장이잖아. 멍때리던 순간에 감사하기는 처음이다.

모두 얼빠진 얼굴로 쳐다보자 녀석은 곤란한 얼굴로 머리를 긁적였다.

"동아리를 하나씩은 꼭 해야 한다고 해서…."

국희가 갑자기 눈을 반짝였다.

"우리 한 명 늘었으니까 공연할 수 있는 거지? 그치, 국대야?"

넌 좀 가만있으라고, 제발 채국희!

큼큼. 난 헛기침을 하고 말했다. 부장의 위엄을 보여주려고 애쓰면서, "들어오는 건 얼마든지. 하지만 공연은 보다시피 지금 우리 상황이…."

어, 그런데 이건 뭐지. 녀석의 얼굴에 실망의 빛이 언뜻 스쳤다. 아주 찰나였지만 난 분명히 봤다.

"상황이 썩 좋진 않지만, 그래도 해볼 순 있을 것 같아. 너희가 원한다면… 말이지."

순간적으로 뱉어놓고 내 입을 찰싹찰싹 때리고 싶었다. 공연이라니! 이 무슨 똥강아지 풀 뜯어 먹다가 설사하는 소리람. 국희의 눈이 왕방울만 하게 커졌다.

"진짜? 꺄악!"

"공연이라면 무대에서 배우들이 나와서 막 대사도 치고 연기도 하고 그러는 거 말이죠? 근데 무대장치도 필요하고 소품도 있어야 하고 의상이랑 조명이랑 필요한 게 한두 가지가 아닌데 말이죠. 제가 알기로는⋯."

광수의 말을 자르며 선영이가 커튼을, 아니 고개를 들었다.

"대본은 있어요?"

난 당황해서 말을 더듬었다.

"대, 대본? 그러니까 대본은⋯."

녀석은 왜! 도대체 왜! 기대에 찬 눈빛으로 날 보는 거냐 말이다. 할 수 없이 난 궁지에 몰린 생쥐처럼 주워 담을 수 없는 말을 또 내뱉고야 말았다.

"쓰면 되지."

"아, 맞다! 국대 얘네 아빠가 시인이셔! 시집도 내셨잖아."

채국희, 너 진짜 이러기니? 이건 비밀이라 차마 말 못 하지만 딱 한 권뿐인 그 시집, 엄마가 준 돈으로 자비 출판하신 거다. 그때는 우리 부모님이 지금과는 딴판으로 서로 죽고 못 사는 사이였다. 엄마는 아빠의 시들이 눈 밝은 출판사를 못 만나서 그렇지, 일단 출간만 되면 베스트셀러 되는 건 시간문제라고 했다.

사랑은 정말 사람의 눈까지 멀게 만드는 것일까. 아빠가 방에 들어앉아 시를 쓰는 동안 엄마는 다단계 회사에 다니면서 돈을 벌었다. 그러는 동안 친자매보다 더 가까웠던 고향 친구에게 의절 당했고, 여고 동창회 명부에서 지워졌으며, 하다못해 동네 반상회에서도 부르지 않는 사람이 되었다. 그렇게 번 돈으로 아빠의 시집을 내준 것이다. 그리고 결과는 뭐, 짐작하다시피다. 아빠의 방 한구석에는 빛바랜 영광으로 남은 시집 수백 권이 먼지를 뒤집어쓴 채 쌓여 있다.

"진짜? 그럼 너도 글 잘 쓰겠네."

녀석이 날 보고 웃었다. 미치겠다.

"뭐, 잘 쓰는 것까지는 아니고⋯."

난 벽에 머리를 쿵쿵 찧고 싶었다. 하지만 금세 마음이 사르르 녹아버렸다. 녀석이 나지막한 목소리로 혼잣말하는 걸 들었기 때문이다.

"⋯ 재미있겠다."

♡✿♡

야자 마치고 집에 들어왔더니 현관에 엄마 구두가 아무렇게나 벗어 던져져 있었다. 집안은 컴컴했다.

"엄마?"

불을 켜니 엄마가 식탁에 혼자 앉아 소주를 마시고 있었다. 안

주도 없이. 빈 병이 놓여 있는 걸 보니 벌써 꽤 마신 모양이었다.

"오늘 동창회 간다고 안 했어?"

엄마는 오래전 여고 동창회에서 제명당했다. 동창회 명부를 보고 동문들에게 집요하게 연락해서 판매에 열을 올리다가 결국 쫓겨난 것이었다. 그런데 외국에 살다 오랜만에 귀국한 친구가 연락해서는 같이 동창회에 나가자고 한 것이다. 엄마는 주저하면서도 한껏 들떠서 화려하게 차려입고 집을 나섰었다.

"엄마 오늘 늦는다며?"

"그냥 일찍 왔어."

엄마가 쓸쓸하게 웃으면서 소주를 또 한 잔 비웠다.

"우리 아들, 밥은 먹었어?"

"왜 그래? 무슨 일 있었어?"

"일은 무슨. 그냥 재미도 없고."

"가서 또 공기청정기 팔았구나?"

"아니야. 엄마 이제 그런 거 안 해."

"그럼 왜? 오랜만에 동창회 간다고 좋아하더니."

"…국대야."

엄마가 잔뜩 물기 묻은 목소리로 불러놓고 내 얼굴을 뚫어지게 쳐다봤다. 난 엄마가 이러는 게 진짜 싫다. 막 뭘 털어놓아야 할 것 같은 이 기분!

"왜 엄마 눈을 피하고 그래."

"부담스럽게 왜 이래, 진짜."

"우리 국대, 착한 내 아들. 이날 이때껏 엄마 속 한번 썩인 적 없는 내 새끼."

또 시작이다. 저놈의 레퍼토리.

"엄마, 1절만 하자."

"불쌍한 내 새끼. 엄마 아빠 잘못 만나서…."

"1절만 하라니까."

"미안해서 그러지, 너한테 미안해서."

엄마는 또 술 한 잔을 부었다.

"국대야, 엄마 인생은 언제부터 잘못된 걸까? 어디서부터 단추를 잘못 끼운 거지?"

"잘못되긴 뭐가 잘못돼? 잘생기고 몸 튼튼한 아들 있잖아. 엄만 대한민국 상위 1프로야. 자부심을 가져!"

"후후. 그런가?"

"그럼. 당연하지."

"엄마는 그냥 남들처럼 평범하게 살고 싶었는데. 근데 그게 그렇게 어렵네."

"남들처럼 사는 게 뭐가 좋다고 그래?"

"그게 내 평생 꿈이었어. 너한텐 여태 말 안 했지만, 엄마 어릴 때 네 외할아버지가 딴 여자랑 눈 맞아서 집을 나갔어. 돈 한 푼 안 남기고 재산까지 싹 다 정리해서. 그때부터 네 외할머니랑 둘이서 먹고 사느라고 고생도 숱하게 했지만, 아비 없는 자식이라고 따가운 눈총 보내는 사람들 때문에 마음이 더 힘들었어."

난 말 없이 엄마의 잔에 소주를 따라주었다.

"네 아빠랑 결혼할 때도 그랬어. 네 할머니는 지금도 엄마를 며느리로 인정 안 하시잖아. 자기 아들 꼬여낸 꽃뱀 취급하시지."

엄마는 할머니가 운영하는 갈빗집에서 일했다. '3호점 알바생'은 사장 아들인 아빠와 사랑에 빠졌지만, 결혼 허락은 받을 수 없었다. 둘은 결혼식은 건너뛰고 엄마의 자취방에서 살림부터 차렸다. 뱃속에 내가 생겼을 때, 할머니는 엄마에게 봉투를 던지면서 나가라고 했다.

그때부터 지금까지 엄마의 삶은 '인정 투쟁'이었다. 할머니 앞에서 떳떳해지기 위해 엄마는 안간힘을 쓰며 살았다. 엄마의 구두밑창은 닳고 닳아 금방이라도 구멍이 날 것 같았다. 그걸 신고 온종일 아는 사람들을 찾아다니며 엄마는 영양제를 팔고 화장품을 팔고 공기청정기도 팔았다. 고맙습니다, 죄송합니다. 입술이 부르트도록 그 말을 얼마나 하고 또 했으면 잠꼬대까지 할 정도였다. 꿈속에서도 엄마는 다단계 판매원이었다. 그러면서도 집안은 늘 먼지 하나 없이 깨끗했고, 눈뜨면 가장 먼저 내 밥걱정부터 했다. 엄마는 구멍 나고 목이 늘어난 티셔츠 한 장으로 버티면서 내겐 늘 깔끔한 새 옷을 입혔다. 하지만 여전히 명절이면 할머니 집 앞에 아빠와 날 내려주고 발길을 돌려야 한다.

"진짜 죽도록 노력했는데. 남들 다 하는 게 나한테는 왜 이렇게 어려울까."

난 컵라면에 뜨거운 물을 부어 엄마 앞에 놓아주었다.

"안주도 먹어 가며 마셔. 속 버려."

"그래도 내가 아들 하나는 끝내주게 키웠지. 우리 국대!"

엄마가 웃으며 내 엉덩이를 두드렸다.

"엄마! 좀!"

나는 얼른 내 방으로 피신했다.

책상 앞에 앉아 노트북을 열었다. 대본. 지금 내 발등에 떨어진 불은 엄마도 대학입시도 아니었다. 바로 축제 때 공연할 연극 대본이었다. 내가 셰익스피어도 아니고 무슨 수로 연극 대본을 뚝딱 써낸단 말인가. 이건 진짜 말도 안 된다. 할 수 없이 SOS를 쳤다.

국대 국희야.

국희 빨랑 말해. 부탁이 뭔데?

국대 어? 어떻게 알았어?

국희 네가 '국희야' 할 때는 뻔한 거 아니겠어? 채도끼, 야채! 뭐 이런 게 아니고.

하여간 채국희 눈치 하나는 알아줘야 한다니까.

국대 그게, 저기 대본 말인데.

국희 벌써 다 썼어?

국대 야, 넌! 대본이 무슨 붕어빵이니? 벌써 다 되게?

국희 그럼 뭐?

국대 아직 시작도 못 했어. 도대체 뭘 써야 할지 감도 못 잡겠어. ㅜㅜ

국희 그래? 잠깐 기다려 봐.

〈채국희 님이 오선영 님을 초대했습니다.〉

국희 선영이가 웹소설 줄줄 꿰고 있잖아. 아이디어가 있을 거 같아서 불렀어.

국대 그래? ^^

선영 요즘 대세는 로판이죠.

국대 로판? 그게 뭐야?

국희 로맨스 판타지! 선영아, 국대는 개화기 사람이야. 좀 더 자세히 설명해 봐.

선영 예를 들면 이런 거예요. 어떤 고등학생이 어느 날 아침, 잠에서 깨어났는데 중세 유럽의 호위무사가 되어 있는 거예요.

국대 뭐? 그게 무슨 자다가 개구리 뒷다리 뜯어먹는 소리야?

국희 넌 좀 가만히 있어. 그래서 선영아?

선영 호위무사는 공작의 명령을 받고, 곧 공작과 결혼할 귀족 아가씨의 호위를 맡게 돼요. 그런데 그 귀족 아가씨를 보고 첫눈에 반해버리는 거죠.

국희 괜찮은데? 어때, 국대야?

난 참담한 심정으로 대화창을 닫아버렸다. 이런 애들을 믿고 무슨 대본을 쓰고 공연을 하겠다고. 그때 대화창이 다시 열렸다.

선영 이룰 수 없는 짝사랑에 가슴 아파하는 호위무사의 깊은 슬픔! 뭐 그런 거죠.

그 순간이었다. 마음속에서 파도가 철썩인 건.

국대 그거 하자.

국희 꺄! 진짜? 국대 너 잘 쓸 수 있지? 진짜 재밌게 써야 돼!

선영 정말요? 진짜 이걸로 공연하는 거예요?

국희 귀족 아가씨는 당연히 나지? 그치, 국대야? 응? 맞지?

아무것도 눈에 들어오지 않았다.

이룰 수 없는 짝사랑. 그 한 마디밖에는.

2

그 여름 나는
폭풍의 한가운데
있었습니다

화요일 수업이 끝나자마자 창고, 아니 연극부실로 갔다. 청소를 안 해 먼지가 잔뜩 쌓인 데다가 오랜 장마 탓인지 교실 구석구석에 곰팡이까지 끼어 있었다. 지금까지는 크게 신경 쓰지 않았지만, 녀석이 연극부에 들어온 이상 이대로 둘 수는 없었다.

창문부터 활짝 열어젖혔다. 못 쓰는 책걸상은 한쪽 구석으로 밀어버리고 바닥을 쓸고 닦았다. 푹푹 쌓인 먼지가 날려 연신 재채기가 쏟아졌다. 걸레로 창틀을 닦자 묵은 먼지와 때가 새까맣게 묻어나왔다. 내 얼굴은 금방 땀과 콧물로 범벅이 되었다. 그런데도 자꾸만 콧노래가 나왔다. 화장실에서 대걸레를 빨다 거울에 비친 내 얼굴을 보았다. 양쪽에서 누군가 잡아당긴 것처럼 입꼬리가 하늘을 향해 올라가 있었다.

미친놈이네, 미친놈.

난 진짜 미친놈처럼 껄껄 웃었다.

그리고 수요일. 마침내 다시 수요일이다.

동아리실에 들어선 연극부 부원들은 하나같이 탄성을 내질렀다. 가려진 앞머리 커튼 사이로 커다래진 선영이의 눈이 보였다. (아, 애도 눈이 있긴 있었구나.) 국희는 무대에 오른 프리마돈나처럼 두 팔을 활짝 벌리고 뱅글뱅글 돌았다.

"대박! 이게 무슨 일? 누가 청소한 거야?"

"아니, 우리 연극부 창고에 우렁각시라도 다녀간 겁니까? 일주일 사이에 도대체 무슨 일이 있었던 거죠? 이 정도면 창고가 아니라 진짜 동아리실이라고 해도 무방할 정도인데 제가 생각하기로는…."

"야, 광수. 거기까지만 해라."

그러면서 난 곁눈질로 문 쪽을 힐끔거렸다.

저벅저벅.

마침내 발소리가 들렸다. (내 심장도 따라서 쿵쾅쿵쾅.)

발소리가 문 앞에서 뚝 멈췄다. (내 심장도 쿵.)

쾅!

발길질에 걷어차인 문이 벽에 가서 부딪쳤다. 그리고 그곳에는… 벌레 씹은 얼굴로 하찌가 서 있었다.

이름은 하지경. 하지만 모두들 하찌라고 부른다. 번개맞은 것처럼 비죽비죽 솟은 헤어스타일이 일본 애니메이션에 나오는 근육낙지 '하찌'와 꼭 닮아서 붙은 별명이다. 사실 더러운 인상도 하찌와 꼭 닮긴 했다. 아무튼.

이 자식이 여긴 웬일이지? 하찌는 농구부 에이스다. 앞에서 잠깐 언급했던, '본인의 적성이나 재능에 따라 동아리를 선택해 즐겁게 활동하는 친구들'이란 바로 하찌를 두고 한 말이다. 하찌는

경기 내내 그 더러운 인상으로 상대편 선수들을 마구 제압하며 농구장 안에서 '날라' 다녔다. 그리고 그 순간이 유일하게 하찌가 괜찮아 보이는 때이기도 했다.

"씨×."

하찌는 들어서자마자 책상을 걷어차면서 욕부터 날렸다.

"뭘 봐! 사람 첨 봐?"

난데없는 하찌의 등장으로 날벼락 맞은 건 우린데, 마치 우리가 잘못해서 자기가 여기 와 있단 투였다. 어쩔 수 없이 부장인 내가 나설 차례였다.

"넌 농구부…?"

국희가 세차게 고개를 저으며 내 말을 가로막았다. 그러더니 손으로 목을 치는 시늉을 했다. 난 국희에게 입 모양으로 물었다.

"짤렸어?"

국희가 하찌의 눈치를 살피며 고개를 끄덕였다. 하찌는 계속 욕을 하며 성질을 부리고 있었다. 하필이면 그때 녀석이 등장했다. 하찌의 아니꼬운 시선이 녀석을 위아래로 훑었다. 녀석의 눈빛도 따라서 날카로워졌다.

난 심장이 호떡처럼 납작 눌리는 기분이었다. 금방이라도 하찌가 녀석의 턱을 갈겨버릴 것만 같았다. 하찌가 녀석을 향해 눈을 부라리며 한마디 날리려는 찰라, 내가 얼른 나섰다.

"대본 볼래?"

난 떨떠름한 표정의 부원들 손에 억지로 대본을 쥐어주었다.

"이제 막 쓰기 시작한 거지만."

녀석이 기대에 찬 눈빛으로 대본을 받아 들었다. 나는 눈을 질끈 감았다.

등장인물 : 고등학생 연우·호위무사 / 귀족 아가씨 / 공작 / 공작의 심복 / 귀족 아가씨의 시녀 / 귀족 아가씨의 부모 / 공작의 군사들

배경 : 현재 대한민국 ~ 중세 프랑스 (타임슬립)

(고등학생 연우는 이불 속에 누워 손에 쥔 휴대전화에서 눈을 떼지 못한다. 휴대전화에는 한 여자가 웃고 있는 사진이 담겨 있다. 연우가 손가락으로 화면을 축소하자, 여자의 얼굴이 점점 작아지더니 그녀의 어깨에 손을 올리고 있는 다른 남자가 나타난다. 또르르 연우의 눈에 흐르는 눈물. 연우는 눈물을 닦으며 조용히 읊조린다.)

연우 다시 태어나면, 내가 너의 사랑이 될 수 있을까?

(눈을 감는다. 무대 천천히 어두워진다.)

"진짜 ×같네!"

난 눈을 번쩍 떴다. 하찌가 대본을 바닥에 내팽개쳤다.

"뭐야, 그러니까 공연이라도 하겠다는 거야? 설마 유치찬란한 이걸로?"

하찌가 고약한 웃음을 실실 흘렸다. 난 뭐라고 받아치고 싶었다. 하지만 목구멍이 턱 막힌 것처럼 소리가 되어 나오지 않았다. 수치심인지, 분노인지, 혹은 또 다른 것 때문인지 알 수 없었다. 그때였다.

"왜? 난 좋은데?"

녀석이었다. 녀석의 한 마디가 어둠을 가르고 쏜살같이 날아와 구덩이에 빠진 나를 건져 올렸다.

"나도! 나도 좋아."

국희가 반색하며 얼른 외쳤다.

"저도요."

선영이가 조용히 끼어들었다.

"제 생각에는요, 이게 그러니까 일종의 타임슬립 물인데, 드라마에서 이미 히트 친 적이 있단 말이에요. 그러니까 우리 연극도 이런 종류의 새로운 실험을 한번 시도해 볼 만하다, 왜냐하면 우리는 상당히 젊은, 그러니까 새로 시작하는 아마추어 연극부고…."

국희가 버럭 했다.

"그래서 광수 넌 좋아, 싫어? 그것만 딱 말해."

"좋아요."

광수의 대답이 끝나기 무섭게 하찌는 주먹으로 책상을 내리쳤다. 그러곤 곧바로 동아리실을 나가버렸다. 국희가 쾅 닫힌 문을 향해 혀를 쏙 내밀더니, 들뜬 목소리로 말했다.

"국대야, 이거 뮤지컬 대본으로 써 주면 안 돼? 대사 중간에 노래 넣으면 되잖아. 나 뮤지컬 꼭 해보고 싶었단 말이야. 얘들아, 어때? 너희도 좋지?"

난 재빨리 녀석의 눈치를 살폈다. 녀석은 책상에 기대앉은 채 어깨를 으쓱했다. 확실히 녀석의 반응은 딴 놈들과는 다르다. 어쨌든 나쁘지 않다는 거지. 좋아!

"그러지 뭐."

"꺄아! 국대 최고!"

국희의 호들갑스러운 소프라노 음성이 동아리실을 가득 메웠다. 내 기분도 덩달아 두둥실 떠올랐다.

♥♣♥

대본은 착착 진행되었다. 머릿속에서 누군가 채찍을 휘두르면서 "빨리빨리 쓰란 말이야!" 하며 재촉하는 느낌이랄까. 이야기는 마트 계산대의 영수증처럼 주르륵 밀려 나왔고, 난 허둥지둥 받아쓰기 바빴다.

"무슨 공부를 그렇게 열심히 해?"

갑자기 등 뒤에서 엄마 목소리가 들렸을 때, 너무 놀란 나머지 노트북 키보드에 코를 박고 말았다.

"아야…."

"공부하는 줄 알았더니? 엄마 목소리에 놀라는 거 보니 딴짓하고 있었구나?"

나는 황급히 노트북을 덮으며 버럭 소리를 질렀다.

"수행평가라고! 엄마 쫌! 내가 노크하라고 했잖아."

"내일모레 고3인데 무슨 수행평가가 그리 많아? 며칠째 잠도 못 자고 밤새 해야 할 정도야? 학교에 전화 좀 해야겠네."

나는 벌떡 일어나 엄마를 떠밀었다.

"전화는 무슨 전화! 엄마 제발 그러지 좀 마."

엄마는 떠밀려 나가면서도 과일 접시를 던지듯 책상 위에 내려놓았다.

"살살 해. 과일도 좀 먹고. 수행평가 하다가 우리 아들 쓰러지면 어째."

탁.

방문이 닫혔다.

나는 다시 노트북을 열었다. 키보드 위에 두 손을 올려놓고 가만히 숨을 골랐다. 다시 이야기가 쏟아지기 시작했다. 손가락들이 왈츠를 추듯 키보드 위에서 숨 가쁘게 움직였다.

(앞부분 줄거리) 눈을 감고 있는 동안 연우는 시간을 거슬러 중

세 프랑스로 가서 공작의 호위무사가 되었다. 공작은 연우에게 자신과 곧 결혼할 귀족 아가씨의 호위를 맡겼다. 귀족의 성은 아름다운 호숫가를 끼고 푸른 숲을 병풍처럼 두르고 있었다. 연우는 그곳에서 운명처럼 짝사랑하는 그녀를 만나게 된다.

(호수가 햇빛에 반짝이고 새가 지저귄다. 정원에 앉아 있는 아가씨의 뒷모습이 보인다. 정갈한 머리카락이 어깨로 곱게 흘러내린다.)

시녀 (아가씨의 귀에 속삭인다) 공작님께서 보내신 호위무사가 도착했습니다.

아가씨 (살짝 뒤를 돌아본다. 표정이 수심에 잠겨 있다.)

연우 (옷매무새를 가다듬으며 고개를 숙인다.)

아가씨 (낮은 목소리로) 날 감시하라고 보냈나요?

연우 (고개를 들었다가 아가씨의 얼굴을 보고는 그대로 굳어버린다. 사진 속 그녀다.) (신음하듯) 너, 넌….

시간을 거슬러 낯선 곳에서 그녀를 다시 만나다니, 연우는 어떤 기분일까. 나는 잠시 손을 멈추고 눈을 감았다.

문득 녀석이 떠올랐다. 왜일까. 마치 새끼손톱만큼, 아니 그보다 더 작아진 녀석이 나의 대뇌 피질 한구석에 들어가 웅크리고 있다가 시시때때로 튀어나와 뇌 속을 헤집고 다니는 것만 같다. 난 정말 묻고 싶었다.

네가 거기서 왜 나와?

녀석은 대답도 없이 그냥 씩 웃는다. 미치겠다. 그런데 또 웃음이 나온다. 정말 미쳤나 보다. 그때였다.

또롱또롱. 메시지가 떴다.

국희 우 작가님! 대본은 잘 쓰고 계신가?

헉! 난 엄마한테 몽정한 팬티를 들켰을 때처럼 화들짝 놀랐다.

49

국희 애가 혹시 내 방에 CCTV를 설치해놓은 건 아니겠지? 바보 같은 생각인 줄 알면서도 방을 구석구석 한번 둘러보았다.

국대 당연하지. 나 바쁘니까 방해하지 마라.

국희 오~ 기대되는 걸?

국희 근데 모태솔로 우국대가 사랑 이야기를 과연 잘 쓸 수 있으려나? 누나 도움 필요하면 언제든 말해라.

국대 넌 꼭 모솔 아닌 것처럼 말한다?

국희 내가 아무럼 너보단 낫지. 넌 짝사랑도 한 번 못 해 봤잖아!

국대 내가 짝사랑을 해 봤는지 못 해 봤는지 네가 어떻게 알아?

국희 우국대, 내가 널 몰라? 엄마 뱃속에서부터 봐 왔는데? 너처럼 무디고 곰 같은 애가 사랑을 어찌 알겠니?

국대 야! 사랑이 뭐 별거냐? 계속 그 사람 뒤통수만 쳐다보게 되고, 그 사람이 말을 걸면 심장이 쿵 떨어지고, 딴일 하다 가도 자꾸 그 사람 생각만 나고, 피식피식 미친놈처럼 자꾸 웃게 되고. 뭐 그런 거 아니야?

국희 아니 세상에 이런 일이!!!

국대 뭐, 뭐?

국희 우리 곰탱이 국대가 사랑을 아네. 그것도 아주 제대로 아는데?

국희 어디서 배웠지? 응? 유튜브 봤나?

내가 입력한 글자를 가만히 들여다보았다.

사랑.

이게 정말 사랑일까? 여자애도 아닌 남자애한테 이런 마음이 드는 게 정상일까? 두려운 생각이 불쑥 들었다.

…나 괜찮은 걸까?

등줄기에 땀이 흘렀다. 무더위가 본격적으로 시작되었는데 하필 에어컨이 고장 나다니. 끈끈한 열기가 마치 꼬리에 꼬리를 물고 이어지는 생각처럼 내 몸에 딱 달라붙은 것 같았다. 나는 손부채질을 하다가 나중엔 머리를 마구 흔들었다. 애써 마음을 다잡고 키보드 위에 손을 올렸다.

(흥겨운 음악) 귀족의 성은 곧 다가올 딸의 결혼 준비로 분주하다. 주방에서는 잔치를 위해 온갖 진귀한 음식을 계획하고 준비하느라 법석이고, 하녀들은 결혼식 때 신부가 입을 웨딩드레스를 비롯해 화려하고 아름다운 의상을 만드느라 바쁘다.

(잔치를 준비하는 하녀들의 떠들썩한 춤과 노래) 성은 기분 좋은 분주함으로 들썩인다. 아가씨는 사람들에게 둘러싸여 테이블을 장식할 꽃을 고르고 있다. 연우는 먼발치에서 아가씨를 지켜보고 있다.

연우 (쓸쓸한 곡조)

널 만나기 위해 시간을 거슬러 왔지.

흐르는 강물을 거슬러 바다로 향하는 연어 떼처럼.

등이 굽고 턱이 휘고 지느러미는 망가져도

두렵지 않았어. 무섭지 않았어.

널 만날 수만 있다면. 널 만날 수만 있다면.

연우 (한숨 쉬며) ⋯ 세계를 건너와도 역시 난 안 되는 걸까.

안 되는 사랑은 역시 안 되는 걸까, 세계를 건너가도.

갑자기 머릿속 이야기가 뚝 멈췄다.

나는 그만 노트북을 덮어버렸다.

3

나의 절망은
장난처럼 붉은 꽃을
매달았습니다

교실 문을 열자마자 내 눈은 창가로 향했다. 그것은 오랜 습관처럼 익숙하고 자연스러웠다. 늘 같은 자리에 녀석이 앉아 있는 걸 보면 마음이 편안해졌다. 그래서 나는 학교에 일찍 와도 일부러 운동장을 서성이다 천천히 들어가곤 했다.

그날 교실 문을 열었을 때, 가장 먼저 눈에 띈 건 녀석의 앞에 윤진석이 버티고 서 있는 모습이었다. 팔까지 걷어붙이고 씩씩대는 걸 보니 잔뜩 성이 난 모양이었다. 관심 있는 거라곤 오직 성적뿐인 범생이가 녀석에게 왜 저러는 걸까. 불길한 예감이 스멀스멀 올라왔다. 녀석은 아랑곳하지 않고 정물화 속 화병처럼 꼿꼿하게 앉아 있었다. 여전히 시선은 고집스럽게 창밖을 향한 채.

나는 건우에게 애써 심상한 목소리로 물었다.

"윤진석 왜 저래? 수행평가 만점 못 받았대?"

"아니, 그게 아니고."

건우가 턱으로 녀석을 가리키며 말했다.

"저 새끼 진짜 싸가지다. 진석이가 강남에서 학원 어디 다녔냐고 물어봤는데 쌩 까는 거 있지? 못 들었나 싶어서 다시 물어보니까 눈을 이렇게 팍, 치켜뜨고 뭐라는 줄 아냐?"

건우가 목소리를 착 깔고 말했다.

"내가 그걸 왜 알려줘야 되는데?"

"대박! 레알 싸가지 인정!"

옆에 있던 주영이가 맞장구를 치자, 태훈이가 불쑥 끼어들었다.

"야, 니들이 몰라서 그래. 강남에서는 학원 정보 아무한테나 알려주는 거 아니야. 진짜 가까운 사람끼리만 공유하는 거라고."

"그까짓 게 뭐라고? 치사하게."

옥신각신하는 애들 틈에서 난 남몰래 녀석을 힐끔거렸다. 진석이가 팔짱을 낀 채 녀석을 노려보다 툭 내뱉었다.

"너 신기고 다녔지? 문과 1등이었다며 전학 왜 왔냐?"

녀석이 천천히 고개를 돌렸다. 뒷모습만으로도 녀석이 긴장했다는 걸 느낄 수 있었다. 웅성대던 아이들이 입을 다물었다. 반 전체 아이들의 눈과 귀가 단번에 녀석에게 쏠렸다. 그런 분위기를 의식한 듯 진석이가 의기양양하게 입을 열었다.

"내 사촌이 신기고 다니거든? 걔가 그러더라. 너 학폭 안 여는 조건으로 전학 간 거라며."

녀석은 길고양이처럼 털을 바짝 곤두세웠다. 그르렁거리는 낮은 신음이 들리는 듯도 했다. 나는 녀석이 발톱을 세우고 진석이에게 달려들까 봐 조마조마했다.

쾅!

녀석이 책상을 확 밀치고 일어섰다. 그 서슬에 놀란 진석이는 뒷걸음질 치다 제풀에 털썩 주저앉고 말았다.

"뭐야, 저 새끼!"

물벼락을 맞은 듯 조용해진 교실에 진석이의 욕설만 메아리쳤다. 녀석은 말없이 문을 박차고 나가버렸다. 창백한 얼굴로 녀석이 내 곁을 스칠 때, 나는 보고 말았다. 녀석의 눈에서 활활 타오르는 불길을.

녀석에겐 대체 무슨 일이 있었던 것일까.

그날 이후, 녀석은 '서동욱'이란 이름 대신 '싸가지'로 불렸다. 굳이 '학싸'라고 부르는 녀석도 있었다. '학폭 싸가지'를 줄인 말이라나. 하지만 녀석이 피치 못하게 전학을 와야 한 이유가 무엇인지는 정작 아무도 알지 못했다. 녀석이 뛰쳐나간 후 학생부에서 진석이를 호출했고, 그 뒤로 진석이는 녀석에 대해 입도 뻥긋하지 않았다. 건우 말로는 함부로 소문내고 다녔다가는 네가 학폭 가해자가 되는 거라며 학생부 샘이 입단속을 시켰다고 했다. 이유야 어쨌든, 진석이마저 입을 다물어버린 탓에 녀석을 둘러싼 소문은 제멋대로 몸을 불리며 다양한 버전으로 퍼져나갔다.

"17대 1로 싸웠다는데? 아, 물론 싸가지가 1이지. 그럼 17이겠나?"

"아니야. 내가 듣기로는 도벽이 있대. 학교 벽을 타고 올라가서 교무실이랑 교장실까지 털었대."

"학교에 불을 냈다는데? 소방 헬기까지 뜨고 난리가 났었대."

아이들의 입맛에 따라 녀석은 열일곱 명을 때려눕힌 전설의 고수가 되기도 했고, 때로는 괴도 루팡이 되었다가 방화범이 되기도 했다. 하지만 정작 녀석은 아이들이 뭐라 떠들든 아무 관심이 없는 듯했다. 입을 굳게 다물고 창 너머에 시선을 보낸 채 앉아 있다가 종례가 끝나면 가방을 둘러메고 가장 먼저 나가버렸다.

녀석의 침묵을 지켜보며 나는 답답함이 쌓여만 갔다. 해결할 수 없는 궁금증과 어찌할 수 없는 안타까움을 불쏘시개 삼아 나는 창작의 열정을 활활 불태우기로 했다. 집에 오자마자 가방을 던져놓고 노트북 앞에 앉았다.

(귀족 아가씨의 방. 시녀가 정성스럽게 아가씨의 머리를 빗겨주고 있다. 두 명의 하녀가 웨딩드레스를 안고 들어온다.)

하녀1 (들뜬 목소리로) 아가씨, 웨딩드레스가 완성되었어요.

아가씨 (시큰둥하게) 거기 두고 가.

시녀 한번 입어보셔야죠.

아가씨 (작은 한숨) 꼭 그래야 해?

연우 (먼발치에서 의아한 얼굴로 아가씨의 기색을 살핀다)

시종 (방문을 노크하며) 공작님께서 도착하셨습니다!

시녀 어머나! 아가씨, 얼른 나가서 맞이하셔야죠.

아가씨 (아까보다 큰 한숨 쉬다가 연우와 눈이 마주친다. 아가씨의 눈빛이 흔들린다. 그리고 쫓기듯 황급히 일어나 나간다.)

연우 (아가씨의 뒷모습을 눈으로 좇는다.)

하녀 1 (수군수군) 남편 되실 분이 오셨는데 아가씨는 반갑지도 않으신가 봐.

하녀 2 그러게. 이렇게 예쁜 웨딩드레스를 입어보지도 않으시고.

시녀 (호통치듯) 입조심들 하라 했지! 그런 얘기가 성 밖에 나갔다가는 어찌 될지 몰라?

연우 (잔잔한 곡조)

당신은 왜, 도대체 왜. 한겨울의 메마른 나목처럼.

당신의 눈동자는 생기를 잃고 당신의 입술은 노래를 잃어.

당신의 침묵은 어디에서 온 걸까.

오, 내 사랑.

당신의 미소가 사라지면 나의 세상도 멈추어버려요.

♡&♡

다시 수요일이다. 연극부실은 갑자기 빙하기가 찾아온 것처럼 냉랭하기 그지없었다. 녀석이 지난주에 보여주었던 생기를 떠올리며, 그래도 연극부에 오면 녀석이 좀 달라지지 않을까 내심 기대했는데. 녀석은 교실에서처럼 겨울 풍경화 속 나목 같은 얼굴을 하고 있었다. 허물어진 기대의 맛은 쓰디썼다.

하찌는 아까부터 책상에 신경질적으로 발길질을 해대고 있었다. 하긴 나라도 농구장에서 날아다니다가 난데없이 빙하기에 뚝 떨어지면 성난 맘모스처럼 굴고 싶을지 모른다. 그렇게 이해해보려 해도 저 성가신 쿵쿵 소리는 진짜 참을 수가 없다. 그렇다고 화풀이할 곳을 찾아서 눈을 희번덕거리는 하찌에게 한마디 할 용기까지는 없었다. 별수 없이 난 또 대본을 내밀었다.

"지금까지 쓴 내용에 대해서 의견 있으면 말해줘. 그리고 앞으로의 이야기 진행에 대해서도…."

"하!"

내 말이 채 끝나기도 전에, 하찌의 입에서 터져 나온 말이었다. 심지어 단어도 아닌 고작 외마디 탄식으로 이렇게 순식간에 의욕과 자존감을 한꺼번에 깎아내릴 수 있다니! 경이로울 지경이었다.

"오, 내 사랑? 당신의 미소가 사라지면? 대애박."

하찌가 대본을 흔들며 말했다.

"니들 제정신이냐? 읽기만 해도 손발이 오글거리는 판에 이걸로 공연을 한다고?"

다들 말이 없었다. 하찌는 더욱 신나서 떠들어댔다.

"연극 보러 온 애들이 닭살 돋아서 단체로 닭이 되겠네. 어? 공연장이 아니라 양계장이 되겠어. 크하하하하."

하찌는 우스워 죽겠다는 듯 배를 쥐고 웃어댔다. 나는 얼굴이 화끈거렸다. 녀석 앞에서 이런 모욕을 당하다니. 차라리 자리를 박차고 나가야 하나 잠시 고민하던 찰나였다.

"너무 심한 거 아니야? 열심히 써온 사람 앞에서."

백만 년 만에(물론 내 느낌이 그랬다는 거다.) 들려온 녀석의 목소리. 드디어 녀석이 입을 열었다. 게다가 내 편을 들어주고 있다. 저 무지막지한 하찌 앞에서! 나는 눈가가 시큰해진 걸 감추려고 얼른 고개를 숙였다.

하지만 시비거리를 찾던 하찌는 녀석의 말꼬리를 잡고 싸움을 걸어왔다.

"심하다고? 내가 보기엔 이 대본이 더 심해. 아니, 니들이 더하지."

하찌는 손가락질을 하며 신랄하게 따졌다.

"꼴랑 대여섯 명이 모여서 같잖은 대본으로 무슨 공연을 한다고. 안 그래? 쪽팔리고 싶으면 니들 쪽이나 팔리라고. 난 됐으니까."

녀석이 발끈하며 맞섰다.

"너보고 연극부 들어와 달라고 한 사람 아무도 없어. 네 멋대로 갑자기 들어와서 열심히 하는 애들한테 이게 무슨 짓이야?"

갑자기 하찌의 얼굴에 비열한 웃음이 떠올랐다.

"하, 그래. 넌 더 이상 팔릴 쪽이 없다 이거지. 하긴 부끄러운 줄 알았으면 성추행범이 됐겠어?"

옆에 있던 국희가 놀라서 되물었다.

"뭐? 누가 성추행범이란 말이야?"

"직접 물어보셔. 당사자 놔두고 왜 나한테 물어?"

하찌가 턱짓으로 녀석을 가리켰다. 모두의 시선이 화살촉처럼 녀석에게 꽂혔다.

녀석의 얼굴은 새파랗게 질려 있었다…!!

♡❀♡

소문은 빛보다 빠르게 퍼져나갔다. 녀석이 같은 학교 여학생을 성추행했고, 학교폭력자치위원회가 열려 징계를 받게 되자 녀석의 부모님이 발 빠르게 '자발적으로' 전학시켜 버린 것이다! 이것이 녀석이 강남에서 내신 1등급을 포기하고 여기까지 밀려오게 된 진짜 이유였던 것이다.

녀석의 호칭은 공공연하게 '성추행범' 혹은 '전자발찌'로 바뀌었다. 녀석의 뒤에서 마치 들으란 듯이 큰소리로 비아냥거리는 애들도 있었다. 누군가 스마트워치를 차고 오면 그냥 넘어가지 않고 이렇게 놀리는 식이었다.

"요즘 누가 이런 걸 팔에 차고 다니냐? 발목에 차야 진정한 패션 아이템이지."

"법무부에서 특별히 선정한 핵인싸만 찰 수 있다는 바로 그 전.자.발.찌 말이지?"

그러면서 녀석을 힐끔대며 킬킬거리는 것이었다. 하지만 녀석은 전과 마찬가지로 표정 없는 정물처럼 꼿꼿하게 자리를 지킬 뿐이었다. 적어도 겉으로 보기에는 그랬다.

사실 고백하자면, 난 녀석의 기색을 제대로 살필 여력이 없었다. 내 속에서 두 가지 마음이 치열한 전투 중이었기 때문이다. 한쪽에서는 악마가 속삭였다.

'녀석은 특별한 사람도, 뭣도 아니었어. 파렴치한 성추행범일 뿐이야. 그동안 녀석을 보며 설렌 넌 뭐냐. 등신 같으니.'

다른 한쪽에선 천사가 속삭였다.

'다른 사람에게 들은 말을 믿지 말고, 네 눈으로 보고 네 귀로 들은 걸 믿어. 녀석에게 뭔가 사정이 있었을지 몰라.'

악마가 승리할 때 내 마음은 부글부글 끓어올랐다. 녀석이 날 속이기라도 한 것처럼 화가 나고 녀석이 꼴도 보기 싫어졌다. 하지만 천사가 승리할 때면 녀석에게 한없이 미안해졌다. 하찌가 시비를 걸 때 녀석은 내 편을 들어주었는데, 난 대체 뭘 하고 있는 거지. 그런 생각이 들 때면 차마 고개를 들어 녀석을 쳐다볼 수조차 없었다. 이래저래 난 녀석을 슬금슬금 피하게 되었다.

그렇게 하루가 지나고 이틀이 지났다. 사흘째 되던 날 아침, 교실 문을 열었을 때 갑자기 우주가 텅 비어버린 것 같은 기분을 느꼈다. 녀석이 보이지 않았던 것이다. 조회 시간에 녀석의 부재에 대해 담임이 뭐라도 말해주길 기다렸지만, 담임은 한마디도 하지 않았다.

손을 들고 물어볼까. 반 애들이 다 이상하게 생각하겠지. 이러지도 저러지도 못하는 내가 진저리나도록 싫었다. 조회를 마친 담임이 막 나가려는데, 학급 출석부 관리를 맡은 김용준이 불쑥 물었다.

"서동욱 오늘 학교 안 옵니까?"

"아, 맞다. 출석부에 동그라미 쳐 놔."

담임이 나가자마자 난 용준이한테 갔다. 전부터 용준이가 탐내던 모의고사 대비 노트를 슬쩍 내밀었다. 용준이는 깜짝 놀라며 반색을 했다.

"어? 이거 나 주는 거야?"

"똑같은 게 또 생겨서."

"오예! 땡 잡았고!"

"근데."

"어, 왜?"

"동그라미가 뭐냐?"

"뭐?"

"아니, 출석부에 동그라미 치는 게 무슨 뜻이냐고? 갑자기 궁금해서."

"아, 그거 병결이란 뜻이야. 아파서 결석한다고. 출석부에 미인정 결석은 쌍 동그라미, 출석 인정은 세모로 표시해."

"아하."

난 고개를 끄덕이며 천천히 자리로 돌아와 앉았다.

…녀석이 아프다. 아파서 학교에 나오지 못했다.

녀석의 눈길이 머물던 창 너머를 바라보았다. 날카로운 것이 가슴을 쿡쿡 찔러왔다.

…녀석은 지금 어떤 마음일까.

상처투성이가 되었을 녀석에게 나는 조그만 위로조차 주지 못했다.

"미안."

그렇게 말하던 녀석의 천진한 미소가 떠올랐다.

"너무 심한 거 아니야? 열심히 써온 사람 앞에서."

감히 하찌에게 맞서 내 편을 들어주던 녀석의 목소리가 선명하게 귓가를 맴돌았다.

나는 책상에 엎드려 고개를 깊이깊이 파묻었다.

또르르, 부질없는 눈물 한방울이 볼을 타고 흘렀다.

♡ ✿ ♡

(앞부분 줄거리) 공작이 귀족의 성에 도착한 후, 성대한 결혼식을 위한 준비는 착착 진행되어 간다. 연우는 어두운 표정의 아가씨를 뒤에서 지켜보며 착잡해진다. 마침내 결혼식을 하루 앞둔 밤, 그믐달이 뜬 정원에서 연우는 뜻밖의 장면을 맞닥뜨리게 된다.

(어둠 속에서 수상한 움직임을 느낀 연우, 공작을 발견하고 흠칫 놀라며 나무 뒤에 몸을 숨긴다.)

연우 (혼잣말로) 내일이 결혼식인데 공작이 이 밤에 무슨 일이지?

공작 (초조하게 서성인다.)

(멀리서 검은 형체가 소리도 없이 공작에게 다가온다.)

공작 모든 준비는 차질 없이 다 됐겠지?

자객 예, 염려 마십시오. 완벽하게 준비했습니다.

공작 내일 밤이야. 누구의 눈에도 띄어서는 안 돼!

자객 단칼에 목숨을 끊어놓겠습니다. (자객의 날카로운 칼날이 달빛에 비쳐 번쩍인다.)

공작 자정이 되면 난 방을 나가 있을 테니, 알아서 처리하게.

자객 헌데 신혼 방 앞이라 경비가 삼엄할 터인데….

공작 걱정 말게. 호위무사들에게는 미리 약을 탄 술을 듬뿍 내려줄 테니. 자넨 뒤처리나 깔끔하게 하라고.

연우 (충격받은 얼굴, 떨리는 목소리로) 내가 지금 무슨 말을 들은 거지?

〈심장박동 같은 음악. 쿵쾅쿵쾅. 긴박하게 울려 퍼진다.〉

연우 (떨리는 목소리로 노래)

아니야, 아니야, 아닐 거야.

공작이 신부를 없애려 하다니, 결혼 첫날밤에.

그럴 리 없어. 믿을 수 없어. 어떻게 이럴 수가.

(단호하고 힘찬 노래) 내가 지켜야 해. 그녀를 지켜야 해.

이제야 알겠어. 세계를 건너 내가 여기 온 이유를 그건 바로 그녀를 지키기 위해서야. 그녀를 지키기 위해서!

문이 벌컥 열렸다. 엄마가 고개를 빠끔 내밀었다.

"우리 아들, 공부하는데 간식이라도 좀 챙겨줄까?"

나는 책상 앞에 앉아 고개도 돌리지 않고 소리쳤다.

"됐어! 방해되니까 나가 줘요!"

사실 책장은 한참 전부터 단 한 장도 넘어가지 않고 있었다. 나는 생각하고 또 생각했다.

녀석과 관련된 소문은 사실이 아닐지도 모른다. 오해에서 비롯된 일일 수도, 혹은 녀석에게 피치 못할 사정이 있었을 수도 있다. 만일 그렇다면 녀석은 지금 얼마나 외롭고 아플 것인가. 물론 소문이 사실일 수도 있다. 하지만 적어도 내가 본 녀석은, 내가 느낀 녀석은 나쁜 사람이 아니었다.

소문이 사실이라면 녀석의 잘못은 분명하다. 그렇다고 해서 나까지 나서서 녀석에게 돌을 던져야 하는 걸까. 죄는 미워하되 사람은 미워하지 말라는 옛말도 있지 않나. 녀석이 아무리 잘못을 저질렀다 해도 세상에 누군가 한 사람은 녀석을 감싸줄 수 있지 않을까. 내가 바로 그 한 사람이 되어준다면? 그럴 수 있다면….

갑자기 녀석이 참을 수 없을 만큼 보고 싶어졌다.

"아들, 공부하다 말고 어딜 가!"

"필요한 게 있어서 좀 사러 가요!"

"이 밤에 갑자기 뭐가 필요한데? 엄마가 사다 줄게!"

엄마의 외침을 뒤로 한 채, 집 밖으로 뛰쳐나오고서야 깨달았다. 녀석의 집이 어딘지 모른다는 걸. 그러고 보니 난 녀석에 대해 아는 게 아무것도 없었다. 녀석이 뭘 좋아하는지, 꿈은 무엇인지, 부모님은 어떤 분들인지.

갑자기 울적해졌다. 녀석에게 내가 실은 아무 존재도 아니라는 사실이 새삼 아프게 느껴졌다. 아이돌 따라다니는 애들도 이보다는 낫지 싶었다. 적어도 걔들은 자기가 좋아하는 사람에 관해서라면 사소한 것까지 파악하고 있으니 말이다.

난 발길이 닿는 대로 한참을 걸었다. 맨발에 슬리퍼를 신고 걸으니 발가락이 아팠다. 목도 말랐다. 호주머니를 뒤졌다. 어떻게 동전 하나도 안 들어 있는지. 나는 투덜거리며 버스정류장 벤치에 털썩 주저앉았다. 타고 갈 버스를 기다리는 사람들 틈에서 멍청하게 앉아 있었더니 기분이 조금씩 나아졌다.

510번 마을버스가 왔다. 서너 명이 내리고 두 명이 올라탔다. 마을버스가 떠나자 이번엔 34번 버스가 들어왔다. 사람들이 제법 많이 내렸다. 그들은 바쁜 걸음으로 어딘가로 사라졌다. 다음 버스가 오기까지는 한참이 걸렸다. 1500번 좌석버스였다. 할머니 한 분이 한참을 기다린 듯 힘겹게 올라탔다.

사람들은 모두 자기가 타야 할 버스가 어떤 건지 정확하게 알고 있었다. 버스가 오면 한 치의 망설임도 없이 다가갔고, 버스는 기다렸다는 듯 문을 활짝 열어 그들을 받아주었다. 사랑도 이런 거라면 얼마나 좋을까. 내 마음이 사랑인지 아닌지 끊임없이 의심하지 않아도 되고, 마음을 주면 상대방도 기꺼이 받아주는 거라면. 기사가 승객에 따라 승차 거부를 하지 않듯이, 잘났든 못났든 혹은 성별이 어떻든 그저 마음을 주면 그 마음을 내치지 않고 그냥 받아주는 거라면. 그런 거라면 얼마나 좋을까.

엉뚱한 생각에 빠져 있을 때 나는 평소보다 더 못생겨진다. 나도 모르게 입은 벌어지고 고개는 앞으로 쭉 빠지고 어깨는 구부정해지기 때문이다. 꼭 크로마뇽인처럼 보인다. 그 사실을 내게 알려준 건 채국희다. 어쩌면 국희 말대로 개는 '인생에 꼭 필요한 단 한 명의 친구'일지도 모른다.

내가 완벽한 크로마뇽인으로 자동 변신을 마쳤을 무렵, 새로운 버스가 와서 섰다. 몇 번 버스였는지는 보지 못했다. 검정 스니커즈가 머뭇거리며 내 앞으로 다가오는 걸 보고 무심코 고개를 들었을 때, 녀석이 거기 서 있었다!

나는 미처 사람으로 돌아올 겨를이 없었다. 멍청하기까지 한 맨발의 크로마뇽인이 녀석을 보고 입을 헤 벌렸다. 두고두고 이불킥을 날리게 할 장면이었다.

"어? 너⋯."

녀석이 먼저 입을 열었다. 녀석은 한 손을 들어 어색하게 인사하는 시늉을 했다. 나는 여전히 크로마뇽인 상태였기 때문에 한국말이 입 밖으로 나오지 않았다. 대신 구석기시대 언어로 "어버버…." 할 뿐이었다.

떨떠름한 내 반응에 녀석의 얼굴이 딱딱하게 굳었다. 녀석이 말없이 내 옆을 스쳐 지나는 순간, 찌릿찌릿한 번개가 내 가슴에 꽉 박히며 어떤 예감이 온몸을 감쌌다.

'이대로 녀석을 그냥 보내면 평생 후회하게 될 거야!'

망설일 틈도 없이 버럭 외쳤다. 터무니없이 큰 목소리였다.

"서동욱!"

녀석이 뒤를 돌아보았다. 해맑게 놀란 얼굴. 심장이 미친 듯이 쿵쾅거렸다. 가슴을 뚫고 나가겠다며 발악을 하는 것 같았다. 침묵이 길어지면 안 돼. 뭐라도 좋으니 말을 하란 말이야. 어서!

"너, 잔돈 있냐?"

삥 뜯는 동네 양아치도 아니고, 하필 튀어나온 말이 이게 뭐람! 난 혀를 콱 깨물고 싶었다. 녀석은 잠시 당황한 얼굴로 머뭇거리더니 곧 바지 주머니에 손을 넣었다. 녀석이 꺼내 보여준 건 신용카드였다. 이것밖에 없다는 뜻으로 녀석은 어깨를 으쓱했다.

"나 목이 말라서 그러는데. 갑자기 나와서 돈이 하나도 없네."

난 진짜 목마른 표정을 하고 말했다. 생각해보니 아까부터 목이 마르긴 했다. 녀석이 대답했다.

"저쪽에 편의점 있는데, 같이 갈래?"

같이 갈 거냐고? 그걸 말이라고!

녀석과 어깨를 나란히 하고 걷는 건 처음이었다. 바람이 불 때마다 녀석에게서 샴푸 냄새가 났다. 자꾸만 코를 킁킁거리고 싶은 냄새였다. 할 말이 없었지만 어색하지는 않았다. 어둠이 내린 거리엔 사람이 제법 많았다. 우리는 사람들을 피해 걷다가 어깨가 살짝 부딪히기도 했다. 그럴 때마다 목이 몇 배로 더 말랐다.

편의점 문을 밀고 들어갔다. 알림 벨이 딸랑거렸다.

"어서 오세요."

빨간 편의점 조끼를 입은 단발머리 알바가 소프라노 톤으로 인사를 했다.

우린 편의점 냉장고로 곧장 다가갔다. 녀석이 고른 건 우엉차였다.

'저런 건 할아버지들이나 마시는 줄 알았는데.'

웃음이 피식 나왔다.

'저런 것까지 좋아 보이다니 참.'

볼이 벌겋게 달아올랐다. 다행히 녀석은 눈치채지 못한 듯, 아무렇지 않은 목소리로 내게 말을 걸었다.

"이 근처 살아?"

"어? 어… 아니."

이게 무슨 말 같지도 않은 말이람.

"그러니까 완전 이 근처는 아니고, 여기서 가까운 동네."

녀석은 아리송한 표정이었지만 어쨌든 고개를 끄덕여주었다.

"너는?"

녀석이 막 입을 열어 대답하려는 찰라, 편의점 문이 거칠게 열리며 알림 벨이 발버둥 치듯 딸랑거렸다. 한 여자가 다급하게 뛰어 들어왔다. 낯빛이 하얗게 질렸고 하나로 묶은 머리카락이 여기저기 볼썽사납게 삐져나와 있었다. 여자가 소리쳤다.

"도, 도와주세요!"

우락부락한 남자가 번개같이 따라오더니, 누가 말릴 틈도 없이 여자의 머리채를 휘어잡았다.

"어딜! 네가 도망치면 내가 못 잡을 줄 알아?"

"아악!"

여자가 비명을 지르며 질질 끌려갔다.

유튜브에 실검 1위로 등극할법한 동영상이 눈앞에서 실시간으로 플레이되고 있었다. 동영상 속에서 팔짱을 낀 채 "어머 어머."하며 구경만 하던, 그 답답해 보이던 시민들이 갑자기 이해가 됐다. 그들 모두 비겁하거나 이기적이라서 그랬던 건 아니었다. 너무 갑작스러운 상황에 정신이 나가버려 어찌할 바를 몰랐던 거다. 나도 마찬가지였다. 편의점에는 우리 말고도 손님 두어 명이 더 있었지만, 그들 또한 다르지 않았다. 모두 발만 동동 구르며 "어어…. 저걸 어째." 하고 어쩔 줄 모르고 있을 때였다.

피융!

동그랗고 육중한 뭔가가 내 옆으로 휙 날아가더니,

퍽!

소리와 함께 남자가 뒤통수를 부여잡으며 쓰러졌다. 여자는 남자의 손아귀에서 놓여나기 무섭게 용수철처럼 문밖으로 뛰쳐나갔다. 쓰러진 남자의 곁에는 참혹했던 폭력을 끝장낸 주인공, 참치캔이 데굴데굴 굴러가고 있었다.

저 참치캔을 누가 던진 거지? 아까 분명 내 바로 옆에서 날아갔는데…. 나는 놀라 뒤를 돌아보았다. 녀석은 태연한 얼굴로 우엉차 뚜껑을 열고 있었다.

그때 쓰러져 있던 남자가 벌떡 일어났다. 남자는 잔뜩 성난 고릴라처럼 괴성을 지르면서 사람들을 향해 매섭게 손가락질을 했다.

"누구야? 너야?"

손가락질당한 사람들은 겁에 질려 고개를 흔들며 뒷걸음질을 쳤다. 남자의 손가락이 우리 쪽으로 점점 다가오고 있었다. 마침내 덩치가 산처럼 커다란 남자가 내 코앞까지 다가왔다. 남자는 시뻘건 눈알을 뒤룩뒤룩 굴리더니 날 보고는 잡아먹을 듯 으르렁거렸다. 남자의 팔뚝에 새긴 용이 눈앞에서 꿈틀거렸다.

"네 놈이냐?"

머릿속이 하얘졌다. 침을 꿀꺽 삼켰다. 두려움이 턱 밑까지 치밀어 오르자 입에서 쓴맛이 느껴졌다. 하지만 다른 사람들처럼 내가 아니라고는 차마 말할 수 없었다. 범인이 녀석이란 걸 알고 있었으니 말이다. 남자는 아무래도 내 침묵을 제멋대로 오해한 모양이었다.

"이게 감히!"

남자가 괴물같이 두꺼운 손으로 내 멱살을 와락 움켜잡았다. 숨이 컥컥 막히고 눈앞이 노래졌다. 정신이 아득해지며 용이 나를 향해 입을 쩍 벌리고 달려드는 것처럼 느껴졌다. 그때였다. 또다시 나를 구원하는 녀석의 청량한 목소리가 울려 퍼졌다.

"내가 던졌어."

슬그머니 실눈을 떴다. 남자가 붉으락푸르락하며 내 멱살을 던지듯 놓았다. 화가 머리끝까지 치밀어 오른 것 같았다. 난 얼른 뒤를 돌아보았다. 그런 말을 뱉어놓고도 녀석은 아무렇지 않은 얼굴이었다. 심장이 터질 것처럼 쿵쾅거렸다. 남자가 녀석을 한주먹에 때려눕힐까 봐 겁이 났고, 그런 와중에도 견딜 수 없을 만큼 녀석이 멋지고 자랑스러웠다.

남자가 목을 좌우로 꺾으며 녀석에게 천천히 다가갔다. 우두둑 소리에 내 갈비뼈까지 떨리는 느낌이었다. 녀석은 여전히 태연한 표정이었지만 바로 옆에 있는 난 느낄 수 있었다. 녀석의 숨소리가 조금씩 가빠지고 있는 것을. 몸을 던져 녀석을 지키고 싶었지만 마음뿐이었다. 내 몸은 이미 소금기둥처럼 굳어 꼼짝달싹할 수 없었다.

마침내 남자가 녀석을 향해 눈을 부라리며 달려든 순간, 이번
엔 맞은 편에서 뭔가가 휘리릭 날아오는가 싶더니 또다시 퍽! 소
리가 났고, 남자가 쓰러졌으며, 또 다른 참치캔 하나가 데굴데굴
굴러갔다. 뜻밖의 상황에 모두 놀라 할 말을 잃고 있을 때, 단발머

리 알바가 어색하게 웃으며 말했다.

"그게 1+1 행사 상품이라서요."

그 순간 알바가 입고 있는 빨간 유니폼 조끼가 슈퍼맨의 빨간 망토로 보였다.

남자는 쉽게 일어나지 못했다.

짝짝짝.

누군가 박수를 치기 시작하자 사람들이 모두 따라 쳤다. 작은 편의점은 금세 박수 소리로 가득 찼다.

삐뽀삐뽀.

요란한 사이렌이 들렸다. 누군가 경찰에 신고한 모양이었다. 완벽한 타이밍이었다. 긴박했던 상황이 모두 종료되고 나니까 경찰이 등장한 것까지 영화랑 똑같았다. 정말이지 스크린 속에 잠깐 들어갔다 나온 기분이었다.

우리는 나란히 앉아 우엉차를 마시며 편의점 유리 너머로 경찰 둘이서 쓰러진 남자를 짐짝처럼 경찰차에 밀어 넣는 걸 지켜보았다. 대단한 일을 해낸 것처럼 가슴속이 뭔가로 꽉 찬 느낌이었다. 내 옆에 앉은 녀석을 힐끔 보았다. 녀석의 두 뺨도 발갛게 상기되어 있었다.

녀석과 눈이 마주쳤다. 사이렌 소리도, 사람들의 웅성거림도 들리지 않았다. 세상의 시계가 잠시 멈춘 것 같았다. 등에 식은땀이 흐를 만큼 어색했지만, 그 낯선 느낌이 싫지는 않았다. 갑자기 녀석이 피식 웃었다. 그 웃음을 신호탄 삼아 내 입에서도 웃음이 터져 나왔다. 우리는 경쟁이라도 하듯 신나게 깔깔거렸다. 녀석이 우스워 죽겠다는 듯 말했다.

"야, 너 아까 엄청 쫄았지? 그 남자한테 멱살 잡혔을 때."

"아니거든? 내가 막 주먹 날리려는 순간에 네가 딱 끼어든 거였거든?"

"웃기네. 얼굴이 하얗게 질려서 숨이 막 넘어갈 거 같던데?"

"그건 네 얘기지. 그 남자가 다가오니까 숨소리가 막, 헉헉헉 엄청 다급해지던데."

"야, 내가 언제!"

녀석이 내 어깨를 탁 쳤다. 깔깔깔깔 낄낄낄낄. 술 취한 사람처럼 자꾸만 웃음이 나왔다. 그러면서도 녀석의 손길이 닿은 어깨 한쪽이 마치 전기 오른 것처럼 저릿저릿했다.

우리는 편의점을 나와서도 신나게 웃고 떠들며 왔던 길을 되돌아갔다.

아까 그 버스정류장까지 왔다. 녀석이 손을 흔들었다.

"나 간다. 잘 가라."

녀석의 뒷모습을 물끄러미 지켜보다가 난 다시 한번 녀석을 큰 소리로 불렀다.

"야, 서동욱!"

녀석이 뒤를 돌아보았다.

"이제 학교 나올 거지?"

녀석이 씩 웃더니 말했다.

"내일 보자, 우국대."

슬리퍼를 끌고 돌아가는 길, 구름이 달을 가려 하늘은 몹시도 캄캄했다. 길가에는 가로등 불빛 아래 선홍색 백일홍이 환하게 피어 있었다. 내 주머니엔 버스비도, 교통카드도 없어서 집까지 걸어가야 했다. 대낮의 열기를 품은 한여름 밤은 몹시도 덥고 꿉꿉했다. 난 땀을 흘리며 걷다가 구정물을 밟아 발이 축축해지고 이따금 돌에 걸려 넘어지기도 했다.

하지만 (오글거리는 걸 간신히 참고 말하는데) 그 어떤 시련도 내 마음속에서 찬란하게 빛나는 별을 감히 꺼버리지는 못했다. 스위치를 눌러 별을 환하게 밝힌 사람은 다름 아닌 그 녀석이었다. 나로 말할 것 같으면 여태 거기 스위치가 있다는 사실조차 알지 못했다. 머핀 속에 박힌 초코칩처럼, 시루떡에 알알이 박힌 팥알들처럼 녀석이 밝힌 별은 나의 일부가 되어 결코 꺼지지 않고 영원히 빛날 것만 같았다.

🖤🌸🖤

하지만 영원히 사라지지 않는 빛은 세상에 없는 법이다.

사랑도 마찬가지 아닐까. 엄마 아빠의 결혼사진(정확히는 함께 살기 시작한 날, 동네 사진관에서 둘이 손 꼭 잡고 찍은 사진)을 보면 슬프지만 그 사실을 인정할 수밖에 없다. 스무 살을 갓 넘긴 앳된 엄마의 두 볼은 발그레했다. 싸구려 옷도, 촌스러운 화장도 사랑이 빚어낸 생기발랄함을 가릴 수는 없었다. 동갑내기 아빠는 또 어떤가. 부모도, 안정적인 미래도 내동댕이치고 오직 사랑 하나 믿고 맨몸으로 집을 뛰쳐나온 젊은이의 저 결연한 표정!

내 눈길은 사진 속 아빠의 손등에 특히 오래 머물렀다. 젊은 아빠는 울퉁불퉁한 손등의 힘줄이 도드라지도록 있는 힘껏, 갓 아내 된 이의 손을 잡고 있었다. 죽을 때까지 이 손을 놓지 않을 거야, 하고 온몸으로 외치듯이.

사진 속 젊은이는 아마도 몰랐을 테지. 구름 하나 없이 뜨겁다 못해 따가운 햇빛이 작열하는 어느 여름날, 자신이 바짓가랑이를 잡고 매달리는 아내의 손을 뿌리치고 집을 떠나게 될 줄은.

명목은 '며칠 바람을 쐬고 온다'는 것이었다. 하지만 엄마도 나도 짐작하고 있었다. 처음 집을 나간 그날 이후 아빠의 마음이 이미 우리에게서 멀리멀리 떠나 버렸다는 걸.

아빠가 나가고 엄마는 미친 듯이 바빠졌다. 퇴근길에 양손 가득 장을 봐와서는 몇 시간이고 부엌에서 나오지 않았다. 한식 궁중 음식부터 풀코스 프랑스 요리까지 스펙트럼도 대단했지만, 그 양도 어마어마했다.

"먹을 사람도 없는데 뭘 그렇게 많이 해."

참다못해 한마디 했다가 난 바로 후회했다. 핏발 선 엄마의 눈가에 기다렸다는 듯 눈물이 맺혔다. 다행히 엄마는 프로답게 받아쳤다.

"이놈의 양파가 왜 이리 매워."

동네방네 나눠주고도 남은 음식을 모아 버리며 엄마가 또 헛헛하지 않도록 나는 꾸역꾸역 먹고 또 먹었다. 그게 엄마를 위해 내가 할 수 있는 유일한 일인 것 같았다.

주말이면 엄마는 온 집안에 걸린 커튼이며 장롱 속 솜이불까지 다 끄집어내 빨았다. 집안을 구석구석 쓸고 닦아 마루가 거울처럼 반짝일 정도였다. 그렇게 일을 부여잡으며 엄마는 외줄 위에서 간신히 버티고 있는 것 같았다.

그날은 엄마가 만두를 빚었다. 집에 돌아와 보니 식탁 위에 만두가 (거짓말 조금 보태어) 냉장고 높이로 쌓여 있었다. 난 최선을 다해 만두를 먹고 또 먹었다. 결국 새벽에 배가 아파 자다 깨고 말았다. 화장실에서 나오는데 부엌에 불이 켜져 있는 게 보였다. 엄마가 찬장에 기대앉아 하얀 천으로 커피잔을 닦고 있었다. 난 눈을 찌푸리며 물었다.

"안 자고 뭐해?"

엄마가 날 보고 희미하게 웃었다.

"그냥 잠이 안 와서."

나는 엄마 옆에 가서 무릎을 세우고 앉았다.

"가서 자, 아들. 내일 일찍 일어나서 학교 가야 하는데."

나는 엄마가 닦고 있는 커피잔을 물끄러미 바라보았다. 군데군데 실금이 가 있는 게 보였다.

"그거 깨진 거 같은데 그냥 버리지 그래?"

엄마가 나를 힐끔 보며 물었다.

"너 생각 안 나? 하긴 네가 세 살인가 네 살 때였으니까 기억 안 날 만도 하겠다. 이거 네가 깬 거잖아."

"그래?"

난 고개를 갸웃거렸다. 엄마가 설핏 웃었다.

"그때 엄마가 너무 속상해서 처음으로 네 엉덩이를 팡팡 때렸어. 죽는다고 울었는데 우리 국대, 기억 안 난다니 다행이네."

"아니 어린애가 실수로 컵 좀 깼다고 때리기까지 해? 너무 하네 정말."

"그렇지. 근데 이 컵 엄마가 무지하게 아끼던 거였거든."

엄마 눈이 촉촉해졌다. 좋지 않은 신호였다.

"네 아빠가 처음으로 잡지에 시를 발표해서 원고료를 받은 날, 선물로 이걸 사 왔어."

엄마가 먼 곳으로 눈길을 보내며 말했다.

"네 할머니 갈빗집에서 일할 때, 주방 찬장에 있는 커피잔을 꺼내 쓴 적이 있었거든. 사장님 전용 컵인 줄 모르고서. 하도 예쁘기에 믹스 커피라도 거기다 한번 마셔보고 싶었던 거야. 불벼락이 내렸지. 얼마나 혼쭐이 났는지 눈물 콧물 쏙 뺄 정도였지. 그깟 컵이 뭐라고 치사하기도 하고 서럽기도 하고."

엄마는 쓸쓸하게 웃었다.

"그 모습을 네 아빠가 지켜봤던가 봐. 이걸 사 와서는 앞으로 이 컵은 당신 전용이라고. 아무도 못 쓰게 할 거라고…."

엄마는 기어이 눈물을 훔쳤다.

"네가 이걸 깼을 때, 뭔가 속에서 울컥 올라오는 거야. 나는 고작 컵 하나도 가지면 안 되는 사람인가 싶고. 지금 생각하면 그깟 컵이 뭐라고, 참. 열등감 덩어리였지 싶네."

엄마가 내 손을 잡았다.

"미안해, 국대야. 그때 엉덩이 때려서."

나도 엄마의 손을 마주 잡으며 대답했다.

"나도 미안해. 그때 엄마 컵 깨뜨려서."

엄마는 눈에 눈물을 가득 달고서 흐흐 웃었다. 웃다가 눈물이 볼을 타고 흘러서 꼭 우는 것처럼 보였다.

"근데 이 컵, 깨졌다면서? 아빠가 다시 붙여준 거야?"

"네 아빠가 픽이나? 내가 붙였지."

"역시 그럴 줄 알았어."

엄마와 나는 큰소리로 깔깔 웃었다. 창밖으로 새벽이 희미하게 찾아오고 있었다. 이 밤이 지나면 아주 천천히, 엄마에게도 다시 환한 빛이 찾아와 주기를 나는 마음속으로 빌었다. 엄마가 내 머리카락을 쓰다듬으며 중얼거렸다.

"언제 이렇게 컸나 우리 아들. 참 잘도 생겼네."

"그치, 내가 좀 생기긴 했어."

"근데 우리 아들은 여친 없어? 요즘은 초등학생들도 연애한다는데."

문득 녀석의 환한 미소가 떠올랐다. 순간 나는 망설였다. 엄마가 내게 솔직한 마음을 털어놓았듯이 그리고 서로에게 위로받았듯이. 나도 그럴 수 있지 않을까 하는 기대와 나도 그러고 싶다는 바람이 뱃속에서부터 소용돌이치며 올라왔다.

"엄마."

"응, 그래. 얘기해 봐."

기대에 찬 엄마의 눈빛.

"어떤 여학생이 너 좋대? 아님, 네가 좋아하는 애가 있는 거야?"

눈물 자국이 채 마르지 않은 볼에 깊이 팬 주름. 나는 그냥 입을 다무는 쪽을 택했다.

"엄마, 나 모솔이야."

"모솔? 그게 뭐야?"

"모태솔로 몰라? 엄마 뱃속에 있을 때부터 쭉, 여친 그딴 거 없다고."

"아니 대한민국 여학생들 눈이 다 삐었다니? 이렇게 잘생기고 속 깊은 남자를 못 알아보게!"

"됐어요, 어머니. 주무세요."

방으로 돌아와 자리에 누웠지만 잠이 오지 않았다. 딱히 거짓말한 건 아니지만 마음은 못내 찜찜했다. 에잇, 나는 애꿎은 이불을 걷어차며 화풀이를 했다.

눈을 감자 녀석이 기다렸다는 듯 내 머릿속을 휘젓고 다니기 시작했다. 내일은 정말 학교에 나올까? 반 애들이 또다시 녀석에게 상처 주는 말을 하면 어쩌지? 애들에게 어떻게 하면 알릴 수 있을까? 녀석이 얼마나 멋지고 용감하고 또 대단한 사람인지를.

그때 문득 국희가 했던 말이 떠올랐다.

"요즘 인싸 계정 하나 없는 고딩이 어디 있냐? 너도 참 천연기념물이다."

하지만 난 남들 보라고 사진 올리고 글 끄적이는 건 딱 질색이었다. 남의 사생활을 들여다보고 싶은 마음도 전혀 없었다. 하지만 이제는 다르다. 궁금한 사람이 생겨버렸다.

인싸그램 어플을 내려받자마자 녀석의 계정부터 찾아보았다. 하지만 게시물은 모두 비공개로 되어 있어 볼 수 없었다. 녀석이 계정을 닫아버린 모양이었다. 그때부터 난 이리저리 아는 애들의 계정을 타고 다니며 녀석의 흔적을 찾기 시작했다.

녀석이 다녔던 학교가 신기고라고 했지. 진석이 사촌이 그 학교에 다닌다고 했던 게 기억났다. 진석이 계정에 들어가서 좋아요를 누른 사람들의 계정에 한 번씩 다 들어가 보았다. 그러고 있자니 진짜 내가 사이버 스토커가 된 기분이었다. 하지만 멈출 수가 없었다.

찾아보니 신기고등학교 학생회 애들이 만든 계정도 있었다. 주로 학교 행사 사진과 동영상이 올라와 있었다. 하나씩 클릭해서 사진을 확인했다. 콩알만 하게 나온 얼굴을 확대해 보니 흐릿해서 누가 누군지 알아볼 수가 없었다. 그런데도 계속했다. 클릭하고 확대하고 클릭하고 확대하고.

머리 스타일이 비슷한데 이 사람이 혹시 그 녀석일까? 키가 크고 호리호리한 체격인데 혹시 이 사람이? 전에 학교에서는 녀석이 이런 교복을 입었구나. 유튜브에서 유명한 강사가 학교에 와서 강연을 했네. 그렇게 녀석의 지난 모습을 혼자 상상해보는 것만으로도 녀석과 한 걸음 더 가까워지는 것 같고 어쩐지 마음이 따듯해지는 느낌이었다. 그러다 마침내 그것이 내 눈에 띄고야 말았다.

제21회 신기고등학교 축제 남자 댄스부 동영상!

무대 한가운데에서 현란한 몸짓으로 춤을 추며 눈부신 미소를 짓고 있는 건 분명 나의 영웅 서동욱이었다.

🖤♧🖤

국희에게 그 동영상 링크를 보낸 건 다분히 충동적인 결정이었다. 그래, 솔직히 말하자. 난 세상에 대고 이렇게 외치고 싶은 마음이었다.

봐라, 서동욱은 너희가 생각하는 것처럼 파렴치한 인간이 아니라고! 얼마나 멋지고 빛나는 녀석인가 한번 보라고들!

물론 이전 학교에서 정.말. 어떤 일이 있었는지 나는 모른다. 평소의 나라면 어땠을까. 녀석에게 손가락질하는 애들에게 동조까지는 하지 않았을 테지만, 그냥 무관심하게 지나치고 말았을 거다. 어떤 일에도 (설령 그게 내 부모의 일이라 해도) 팔짱 끼고 강건너 불구경하는 관망자로 살아온 지 오래니까. 이렇게 덮어놓고 녀석을 감싸주고 싶은 마음부터 드는 건 분명 나답지 않았다. 내 안에서 뭔가 엄청난 변화가 일어나고 있는 게 틀림없었다. 머리로는 분명 아니라고 생각하면서도 가슴이 시키는 대로 해버리고 싶어진다. 엄마가 아빠의 시집을 자비로 출간해준 마음까지 어쩐지 조금은 알 것 같았다.

링크를 보내겠다는 결심은 했지만, 핑계를 생각해내는 데는 훨씬 더 많은 고민이 필요했다. 과연 뭐라고 하면서 보내야 눈치 빠른 채국희의 레이더망에 걸려들지 않을까. 그냥 실수로 눌러졌어? 말도 안 되지. 야, 우연히 봤는데 이런 게 다 있더라. 우연이라, 과연 그걸 믿을까? 한 가지는 확실하다. 서동욱이 이 동영상에 나온다고 콕 찍어서 말하면 절대 안 된다는 것. 하지만 혹시라도 국희가 녀석을 알아보지 못하면 어쩌지? 아니 그럴 리 없다. 채국희를 믿어 보자.

고민 끝에 메시지를 날렸다. 결국은 아무 말도 덧붙이지 않은 채로. 그 어떤 핑계를 댄다 해도 국희가 그냥 넘어갈 것 같지 않았기 때문이다.

새벽 두 시. 그 어떤 의도도 없이, '그냥' 동영상 링크를 보내기에 적절한 시간은 분명 아니었다. 그래도 전송 버튼을 눌렀다. 국희는 그 시간까지 잠도 자지 않고 누워서 휴대전화를 들여다보고 있었는지 곧바로 답이 왔다.

국희 오~ 우리 국대. 드뎌 인싸 시작?

그러곤 한동안 잠잠한 걸 보니 동영상을 열어보는 모양이었다. 잠시 후, 국희의 메시지가 폭풍처럼 휘몰아쳤다.

국희 야야야야! 너 이거 어디서 난 거야?
국희 대애애애박!!!!! 내가 여기서 누굴 발견했게?
국희 놀라지 마! 여기 너네 반 전학생 있어!! 완전 깜놀!
국희 내 눈은 못 속이지! 이거 서동욱 맞아. 확실해!!!
국희 헐~ 얘 뭐야? 아이돌 연습생이야? 춤을 왜 이리 잘 춰?
국희 기다려. 나의 이 엄청난 발견을 빨랑 애들한테 알려야겠다!

다행히 국희는 너무 흥분한 나머지 이 동영상을 보낸 사람이 나라는 걸 깜빡한 모양이었다. 나중에 묻는다 해도 대충 둘러대면 될 터였다. 애들한테 전할 때는 국희가 이 '대단한 발견'을 한 사람이 자기라는 걸 알아서 강조할 테니 쓸데없는 소문이 퍼질 걱정도 없었다. 이제 나는 굿이나 보고 떡이나 먹으면 되겠다는 생각이 들었다. 그제야 침대에 두 발 뻗고 누웠다. 변비로 한참을 끙끙거리다가 마침내 볼일을 보았을 때처럼 뱃속이 가뿐했다. 그날 밤은 모처럼 푹 잘 수 있었다.

다음 날 아침, 학교에 가는 길에 여자애들 몇몇이 휴대전화를 보며 수군거리고 있었다. 어젯밤에 백 번쯤 들은 음악이라 단박에 알아차렸다. 그들이 보고 있는 영상이 녀석의 댄스 공연이라는 걸.

"완전 멋지다. 센터 얘 서동욱 맞지?"

"대박. 전 과목 1등급이라며 춤까지 잘 추고 진짜 반칙 아니냐?"

복도에서, 교실에서 아침 내내 익숙한 멜로디가 들려왔다. 감탄과 찬사, 간혹 질투 섞인 비아냥도 섞여 있었지만, 대부분은 호의적인 분위기였다. 적어도 전자발찌니 성추행범이니 하는 말들은 들리지 않았다. 나는 태평양보다 넓은 국희의 오지랖에 깊이 감사했다.

3교시가 끝나고 쉬는 시간이었다. 화장실에 갔다 오는데, 우리 반 앞 복도가 시끌벅적했다. 교실 창문에는 여자애들이 매미 떼처럼 다닥다닥 매달려 있었다. 무슨 큰일이라도 났나, 갸웃거리며 교실로 들어간 순간 난 깜짝 놀라고 말았다.

이민호가 우리 반에 와 있었다. 우리 학교 최고 인기 동아리인 남자 댄스부 '블레이즈'의 센터 이민호 말이다. 그러니까 창문에 매달려 있는 매미 떼는 이민호의 팬클럽이었던 거다.

이민호가 누구인가. 화려한 댄스 실력과 출중한 외모로 그의 인기는 SNS를 타고 이미 학교의 좁은 울타리를 뛰어넘어 전국 단위로(까지는 좀 오버인가?) 뻗어나간 지 오래였다. 최소한 우리 지역에서는 거의 아이돌급의 인기를 누리고 있다.

그런데 이민호가 그 긴 다리로 성큼성큼 다가가 멈춘 곳이 바로 녀석의 자리였던 것이다! 난 진석이가 팔짱 끼고 녀석 앞에 뻗대고 있을 때보다 백만 배는 더 긴장하며 이민호와 녀석을 번갈아 주시했다.

하지만 주변이 하도 시끌벅적해서 둘 사이에 무슨 대화가 오가는지 당최 들리질 않았다. 나는 관심 없는 척하며 은근슬쩍 둘에게 다가갔다. 그리고 구름처럼 몰려든 팬클럽 애들 사이를 억지로 비집고 끼어들었다.

이민호가 씨익 웃으며 녀석에게 주먹을 내밀었다. "hey, yo man~" 이런 느낌으로. 녀석은 새침한 표정으로 '마지못해' 주먹을 맞부딪쳤다. 내 느낌엔 분명히 그랬다. 주변에 이민호의 팬클럽이 병풍처럼 둘러싸고 있는데 녀석이 달리 어쩔 도리가 있었을까? 난 그렇게 이해하며 애써 마음 상하지 않으려 했다.

마침내 이민호가 양 떼를 몰고 가는 목자처럼 팬클럽 군단을 이끌고 우르르 물러가자, 교실에는 잠시 적막함이 감돌았다.

"야, 뭐래? 뭐래?"

"어? 이민호가 뭐래?"

전자발찌니 뭐니 해가며 녀석을 비웃던 애들이 하루아침에 딴판인 낯짝으로 녀석에게 친한 척 들이대는 모습은 참 꼴불견이었다. 하지만 못내 궁금한 걸 나 대신 물어봐 주니 용서하기로 했다. 어차피 오늘은 한없이 너그러워지기로 작정했으니 말이다. 나는 귀를 쫑긋 세웠다. 하지만 녀석은 입을 다물어버렸다. 게다가 4교시 시작을 알리는 수업 종이 울리고 곧바로 수학 샘이 들어오는 바람에 아이들도 더는 물어보지 못했다.

하지만 그때부터 내 머릿속에선 개미지옥이 열렸다.

아아, 뭘까. 대체 이민호가 녀석에게 뭐라고 하고 간 걸까….

나는 온갖 상상 속에서 빠져 헤어 나올 수 없었다.

'서동욱, 너 공부 좀 한다며? 나 수학 좀 알려주라.'

'너도 내 팬클럽에 들어올래? 회장 자리 줄게.'

'동욱아, 돈 좀 꿔줘라. 금방 갚을게.'

그중 최악의 상상은 바로 이거였다.

'서동욱, 나랑 사귀자. 너도 좋다고? 그럼 우리, 오늘부터 1일이다.'

그 말은 이민호가 웃으며 주먹을 내미는 모습과 겹쳐 종일 내 머릿속을 맴돌았다. 게다가 오전 내내 녀석은 내게 아는 척도 하지 않았다. 지난밤의 우연한 만남 이후로 기대를 품고 학교에 온 내가 바보 천치처럼 느껴졌다.

머릿속이 뒤죽박죽된 채 처참한 심정으로 앉아 있는데, 어느새 점심시간을 알리는 종이 울렸다. 애들은 굶주린 늑대 떼처럼 우르르 식당으로 몰려갔다. 녀석도 어느 틈에 나갔는지 보이지 않았다. 나는 전날 밤 만두를 잔뜩 먹고 탈이 나서인지 이민호 때문인지 하여튼 입맛까지 떨어져 버렸다.

하릴없이 터덜터덜 운동장으로 나갔다. 밥보다 축구가 더 좋은 애들이 공을 쫓아 죽어라 뛰고 있었다. 스탠드에 털썩 주저앉아 이리저리 차이는 공을 멍하니 보고 있을 때였다. 등짝을 강타하는 매머드급 충격과 곧이어 척추를 타고 전해지는 짜릿한 전율! 그럼 그렇지, 채국희다.

"부장, 우리 공연 어떡해?"

난 손이 잘 닿지도 않는 등짝을 힘겹게 문지르며 물었다.

"뜬금없이 무슨 소리야?"

"서동욱 말이야, 블레이즈로 간다며? 그럼 우리 공연 못 하는 거야?"

"뭐?"

등짝 스매싱과는 비교도 안 될 만큼 커다란 충격이었다. 난 순간 중심을 잃고 휘청할 뻔했다.

"그게 무슨 말이야? 블레이즈로 간다니."

"못 들었어? 블레이즈 팬클럽 애들이 그러던데. 블레이즈 멤버 김하준이 얼마 전에 다리 다쳐서 깁스하고 다니잖아. 근데 며칠 뒤에 게릴라 콘서트고. 그래서 이민호가 급하게 새 멤버 영입했다던데?"

"그럼 이민호가 아까 와서 한 말이⋯."

"넌 서동욱이랑 같은 반이면서 어떻게 나보다 소식이 늦냐? 하여간 우국대 무심한 건 알아줘야 한다니까."

난 아무 말도 할 수 없었다. 세상이 핑글핑글 도는 기분이었다.

"지금 블레이즈는 강당에서 맹연습 중이던데 우리 공연은 어떻게 되는 거냐고, 부장!"

물벼락을 맞은 것처럼 정신이 번쩍 들었다. 난 강당을 향해 뛰기 시작했다.

"어디 가, 우국대!"

헉헉대며 강당 앞에 도착하자 커다란 음악과 괴성이 먼저 들렸다. 나는 숨을 고르며 문을 밀었다. 빠른 템포의 음악이 귀를 때렸다. 난 구경하는 애들 틈으로 파고들었다.

"꺄악!"

"역시 이민호야. 완전 멋있어!"

"쟤 서동욱 맞지? 완전 짱이다! 처음인데도 합이 딱딱 맞아."

"춤 진짜 잘 춘다. 연습생 출신이라는 말도 있던데 정말인가 봐!"

"근데 서동욱 쟤 그거 아니야? 성추행⋯."

"아니래. 내 친구의 앞집 언니의 사촌 동생이 그 학교 다니는데 헛소문이래."

"진짜? 어쩐지. 난 아닐 줄 알았어."

"뭐래? 까르르르."

Save my soul
날 덮친 그림자
어둠의 향연
빛 뒤의 그림자

숨이 멎는 것 같았다. 녀석은 너무나 아름답게, 너무나도 자유롭게 음악과 하나가 되고 있었다. 때로는 독수리처럼 힘차게 하늘로 날아오르고 때로는 분노한 사자가 되어 으르렁거렸다. 그러다 갑자기 섬세한 나비처럼 부드럽게 날갯짓하기도 했다. 영상으로 보는 것과는 또 다른 느낌이었다. 눈앞에서 펼쳐지는 녀석의 몸짓이 어찌나 눈부신지 보는 내내 가슴이 떨려왔다.

(Eh-oh)
멈춰 그대로 멈춰 bring me the peace
(Eh-oh)
와줘 내게로 와줘 bring me your heart

음악이 끝났다. 녀석은 거친 숨을 몰아쉬며 바닥에 털썩 주저 앉았다. 그러고는 긴 손가락으로 땀에 젖은 머리카락을 쓸어 넘 겼다. 숨이 멎을 것처럼 멋진 모습이었다. 애들의 박수와 환호성 이 강당을 가득 메웠다. 이민호가 활짝 웃으며 녀석에게 다가가 손바닥을 펼쳐 보였다. 녀석이 하이파이브로 화답했다. 이번에는 '마지못해' 하는 것처럼 보이지 않았다. 그 모습이 내 가슴을 날 카롭게 후벼 팠다.

5교시 예비종이 울리자 애들이 우르르 교실로 뛰어갔다. 몇 명 은 걸리적거린다는 듯이 내 어깨를 치고 지나갔지만, 이미 전의 를 상실한 나는 메마른 나무토막처럼 우두커니 서 있을 뿐이었 다. 그때였다.

"우국대!"

녀석이었다. 심장이 쿵 곤두박질쳤다.

"거기서 뭐 하냐?"

녀석이 씩 웃었다. 저 환장할 미소!

"어? 어 그냥…."

어휴. 바보, 등신아. 그렇게밖에 대답 못 하겠냐고!

마음속으로 벽에다가 머리를 쿵쿵, 오백 번은 찧고 있는데 이 민호가 녀석의 어깨를 툭 치며 말했다. 몹시도 다정한 말투였다.

"수업 끝나고 여기서 또 보자."

그 말을 듣자 뱃속에서 꿈틀꿈틀 오기가 발동했다. 이민호를 따라 나가는 녀석을 불러 세웠다.

"야, 서동욱."

녀석이 뒤를 돌아보았다.

"이따 연극부 모일 건데 올 수 있냐?"

"연극부? 왜? 수요일도 아니잖아."

"대본 회의하자고. 나 혼자는 진도가 안 나가네."

"그래?"

녀석의 얼굴에 곤란한 빛이 스쳤다. 이민호가 가던 걸음을 멈추고 녀석과 나를 돌아보았다. 나는 있는 힘껏 눈을 부릅뜨고 이민호를 째려봤다. 낯부끄러워 일기장에도 차마 못 쓸 대사가 내 마음속에서 울려 퍼졌다.

'나야, 이민호야? 선택해, 지금 당장!'

녀석은 나와 이민호를 번갈아 쳐다보더니, 내게 말했다.

"미안. 오늘은 어려울 것 같아."

빵!

녀석이 내 심장에 대고 최후의 한 방을 날렸다. 난 풀썩 쓰러졌다. 내 시체를 지르밟고서 (물론 진짜로 그랬다는 건 아니다. 내 심정을 묘사한 것일 뿐) 녀석은 이민호와 나란히 강당을 나가버렸다.

심장에 구멍이 뻥 뚫려서겠지, 이렇게 가슴이 시린 건.

♡❀♡

하지만 내 이름은 우국대. 난 포기를 모르는 남자다!

방과 후에 기어이 연극부 애들을 불러 모았다. 그래, 아주 코딱지만 한 일말의 기대도 품지 않았다면 그건 거짓말이다. 녀석이 싱긋 웃으며 연극부 문을 열고 들어와 줄지도 모른다는, 그런 말도 안 되는(더 적나라하게 표현하자면 지나가던 개가 밥그릇 걷어차면서 비웃을 법한) 기대 말이다.

모인 애들은 다섯 명이었다. 가수면 상태라서 있으나 없으나 별반 다르지 않은 상혁이를 비롯해 국희, 선영이와 광수 그리고 나. 녀석이 없으니 동아리실이 텅 빈 것처럼 허전하게 느껴졌다.

"하찌는 오늘 중요한 일 있어서 못 올 거고."

국희의 말에 광수가 물었다.

"중요한 일 뭐요?"

"오늘 고백한대. 이과반 여신 김가을한테. 몰랐어? 전교생이 다 알아."

"헐, 역시 관종답네요. 고백을 하려면 조용히 단둘이, 엉? 은밀히 할 것이지 무슨 고백을 온 학교가 다 알도록 떠들썩하게 한대요? 제 생각엔 고백이란 말이죠."

"야, 됐어. 안물안궁(안 물어봤고 안 궁금해.)이야."

국희가 손을 휘휘 내저으며 광수의 말을 막았다. 앞머리 커튼 속에서 선영이가 조용히 물었다.

"그럼 그 새로 온 선배는요?"

"서동욱? 걔 댄스부로 간대."

"헐. 블레이즈요? 그럼 우리 공연은요?"

"못하는 거지, 뭐."

국희의 말에 나도 모르게 버럭 소리를 질렀다.

"댄스부로 가긴 누가 간다 그래? 서동욱이 그래? 네가 직접 들었어? 어?"

"아, 깜짝이야. 왜 소리는 지르고 그래! 여태 고장 난 청소기처럼 구석에 찌그러져 있다가."

국희도 맞받아쳤다.

"하찌는 보나 마나 안 한다고 할 거고, 그럼 우리 다섯이서 공연해?"

"하면 하지. 못 할 건 또 뭐야?"

나는 그냥 나오는 대로 내질렀다. 녀석도 없는데 그까짓 공연, 될 대로 되라 싶었다. 국희는 금방 입이 귀에 걸렸다.

"진짜지? 우국대 너 나중에 딴소리하기 없기다."

"대본 아이디어나 내봐. 그 담에 어떻게 이어가면 좋을지."

나는 만사가 귀찮아져서 뒤로 벌렁 드러누워 버렸다. 국희가 신나서 손짓으로 애들을 불러 모았다.

"그러니까 지금 연우가 공작의 음모를 알게 됐잖아. 그럼 당연히 귀족 아가씨를 데리고 도망쳐야지."

"당연하죠. 바로 사랑의 도피 각이죠."

"좋아! 그럼 연우랑 아가씨랑 둘이 막 도망치다가 사랑에 빠지는 거야?"

"오예! 해피엔딩 좋다, 좋아."

국희와 광수가 주거니 받거니 하는 꼴을 보다가 선영이가 혀를 끌끌 찼다.

"에이, 그게 아니죠. 기승전결이 있어야지, 무슨 얘기가 시작하자마자 끝나요? 시시하게."

"응? 기승 뭐?"

국희가 눈을 동그랗게 뜨고 묻자 선영이가 대답했다.

"주인공의 사랑이 그렇게 쉽게 이루어지면 안 된단 말이에요. 갈등이 있어야 한다고요. 이를테면⋯."

"이를테면?"

"이루어질 수 없는 사랑?"

나도 모르게 몸을 벌떡 일으켰다.

"둘이 사랑에 빠지긴 빠지는데, 그 사랑이 절대 이루어질 수 없도록 방해하는 세력이 필요해요. 그래야 얘기가 쫄깃해지죠."

"오, 선영! 그럴듯한데."

"역시 네가 웹툰이랑 웹소설에 퍼부었던 그 수많은 돈과 시간이 헛되지 않았구나."

국희와 광수가 선영이를 마구 띄워주었다. 나도 슬쩍 숟가락을 얻으려 했다.

"근데 그 장애물이 뭐야?"

"그거야 대본 쓰는 작가님이 생각하셔야죠."

뭐, 뭐라고?

"대본 회의 다 했으니까 우린 떡볶이나 먹으러 가자. 작가님, 그럼 파이팅."

국희는 졸고 있는 상혁이까지 깨워서 데리고 나가버렸다. 나만 남겨두고서…. 채국희 너 진짜 이러기냐고!

난 혼자서 털레털레 동아리실을 나왔다. 내 가슴 속에서 꼬르륵 소리가 들리는 것 같았다. 강당으로 가 볼까 하다가 다시 교문 쪽으로 발걸음을 돌렸다. 녀석이 이민호랑 멋지게 춤추는 걸 보면 괜히 나만 더 초라해질 것 같았다.

"아, 인생 참 우울하다!"

하늘을 보며 소리라도 지르고 싶은 오후였다. 오늘따라 하늘은 왜 저렇게 구름 한 점 없이 파란 거냐고. 나무에 붙은 매미가 죽을 힘을 다해 맹렬히 울고 있었다. 귀청을 때리는 그 소리가 어쩐지 내 가슴에 콕콕 박혔다. 7년을 땅속에서 살다 나온 나도 짝을 찾기 위해 이만큼이나 노력한다고. 맴맴맴맴, 그런데 넌? 넌넌넌넌?

교문을 벗어나 한참을 걷다가, 다시 발걸음을 돌렸다. 일단 방향을 틀자 갑자기 마음이 급해졌다. 난 누가 쫓아오기라도 하는 것처럼 강당을 향해 전속력으로 달려갔다. 보고 나면 기분이 더

찝찝해질 걸 알면서도 기어이 보고 싶어지는, 요상한 마음은 대체 뭘까.

강당 앞에 서자 음악이 쿵쿵 심장을 때렸다. 내 심장도 쿵쿵 박자를 맞췄다. 계단을 하나씩 올라갈 때마다 음악은 점점 커지고 내 심장박동도 따라서 거세졌다.

강당 문을 열자 상상했던 모습이 그대로 펼쳐졌다. 춤과 음악에 완전히 몰입하고 있는 녀석의 모습은 눈부셨다. 근데 이민호 자식은 춤이나 출 것이지, 왜 자꾸 녀석에게 눈웃음은 흘리는 거야.

내 심장은 터지기 직전의 다이너마이트처럼 이글이글했다. 이민호에게 분노의 화살을 날리다가 번뜩 좋은 생각이 떠올랐다. 그래, 우리 사랑의 장애물!

바로 너로 캐스팅했다. 이. 민. 호!

나는 폭주하는 기관차처럼 집으로 뛰어갔다.

상상 속에서 이민호에게 공작의 우스꽝스러운 옷을 입히자마자 이야기가 쏟아져 나왔다. 나는 키보드에 손을 올리고 격렬한 곡을 연주하듯 분노의 타이핑을 시작했다.

(앞부분 줄거리) 공작의 음모를 알게 된 연우는 그날 밤 당장 귀족 아가씨와 함께 탈출에 성공한다. 외딴 숲에 도착한 두 사람이 밤하늘의 빛나는 별을 보며 잠시 숨을 돌리고 있는데, 어느새 공작이 병사들을 거느리고 두 사람을 바짝 추격한다.

(칼과 활로 무장한 채 횃불을 들고 두 사람을 추격하는 병사들. 행진곡풍의 음악 점점 크고 빠르게 연주하며 긴장감을 더한다.)

공작 아직 멀리 못 갔을 거다. 샅샅이 뒤져!

병사들 네!

연우 (아가씨를 몸으로 감싸듯 호위하며) 이쪽으로.

아가씨 (휘청하며 중심을 잃고 쓰러진다.) 앗!

연우 (얼른 아가씨를 부축한다.) 제 손 잡으세요.

아가씨 고마워요.

연우 그런데 공작은 대체 왜 아가씨를 죽이려 하는 겁니까? 결혼을 약속한 사람이면서.

아가씨 서로 사랑해서 결혼하는 게 아니니까요. 그 사람은 우리 가문의 재산을 원할 뿐이에요. 신분만 높지 실은 사치와 도박으로 재산을 모두 탕진했거든요.

연우 그렇군요.

아가씨 그 사람은 나를 먼저 없애고 틀림없이 우리 부모님도 해치려 할 거예요. (애절한 눈빛으로) 부탁이에요, 무사님. 저희 부모님을 지켜주세요.

연우 (독백 - 노래)

당신의 부탁을 어찌 거절할 수 있겠어요.

난 이미 당신에게 모든 걸 바친 걸요.

제 목숨을 걸고 당신과 당신의 부모님을 지켜 드리겠습니다.

아가씨 (눈물을 그렁거리며 연우를 본다.)

병사 (멀리서 들리는 외침) 이쪽에 발자국이 있다!

〈공격적인 음악 더욱 크고 빠르게 연주〉

공작 (사악한 눈빛에 횃불이 비쳐 일렁인다.) 놓치면 안 돼! 반드시 잡으란 말이다!

병사들 네! 알겠습니다!

연우와 아가씨 (겁에 질린 표정으로 뒤를 돌아보며 황급히 도망친다.)

♥✿♥

"한 달에 한 번 돌아오는 우리 학교만의 특급 이벤트, 학업에 지친 여러분을 화끈하게 위로하는 점심시간 게릴라 콘서트 시간입니다. 와우! 진행을 맡은 여러분의 귀염둥이 유, 성, 우~! 인사드립니다."

마이크를 잡은 유성우의 목소리가 운동장에 찌렁찌렁 울려 퍼졌다.

"쟤는 돌잔치나 회갑연 같은 데서 바로 알바 뛰어도 되겠다."

"타고 났다, 타고 났어."

"야야, 넌 그만 얘기하고 빨리 옆으로 마이크 넘겨!"

구령대 앞에 삼삼오오 모인 남자애들이 아우성을 쳤다. 그 말을 들었는지 유성우는 아쉬운 표정으로 입을 다물었다. 그러자 옆에 서 있던 여학생이 환하게 웃으며 말을 이어받았다.

"안녕하세요, 진행을 맡은 김가을입니다."

"와! 와! 와!"

말이 끝나기 무섭게 박수와 환호성이 터져 나왔다. 흡사 걸그룹이 군부대에서 위문 공연할 때의 분위기였다.

"오늘 게릴라 콘서트의 주인공이 나오면 무대에서 불꽃이 팍팍 튄다면서요? 정말인가요, 가을 씨?"

"네, 맞습니다. 게다가 점심시간이 시작하기도 전부터 무대 앞 자리를 맡으려는 경쟁도 불꽃 튀게 벌어졌는데요. 질질 끌지 말고 오늘의 주인공, 소개할까요?"

"박수로 환영해주세요. 남성 댄스부 불꽃, 아니 블레이즈!"

"꺄아악!"

When you sing a song

너에게선 빛이 나

두근두근 떨리는

태양이 널 비춰줘

What I gonna do baby

연습할 때도 멋졌지만, 무대에 올라가니 녀석은 마치 날개를 단 것 같았다. 어둠 속에서 자체 발광하는 신비로운 존재처럼 녀석에게선 반짝반짝 빛이 났다. 그 빛에 둘러싸인 채 날개를 활짝 펴고 훨훨 날아가 버리는 것만 같았다. 내게서 멀리, 아주 멀리.

국회한테 동영상 링크를 보낸 것이 이런 결과를 가져올 거라고는 정말이지 생각도 하지 못했다. 그날로 다시 돌아간다면, 국회에게 메시지를 보내지 않을 거다. 아니, 인싸그램에서 신기고 계정을 찾아보지도 않을 거다. 아니, 아예 내 폰에 인싸그램 어플을 깔지도 않을 거다.

"꺄악!"

"이민호! 이민호!"

"서동욱! 서동욱!"

운동장이 떠나갈 듯 울려 퍼지는 음악과 환호성에 귀가 먹먹했다. 무대 위, 녀석의 몸짓은 너무도 아름다웠다. 아름다운 것을 보면 가슴이 떨리고 눈물이 난다는 걸 나는 처음 알았다. 고개를 떨구고 손등으로 얼른 눈물을 훔쳤다. 그리고 생각했다. 그날로 다시 돌아간다 해도 난 인싸그램 어플을 깔고 신기고 계정을 찾아야 한다. 녀석의 공연 동영상을 국회에게 보내야 한다. 저렇게 빛날 수 있는 녀석을 성추행범이니 전자발찌니, 아이들이 되는 대로 지껄이는 모욕적인 말들 속에 묻어둘 순 없다.

바로 저곳이, 무대 위가 녀석이 있어야 할 곳이다. 녀석의 자리가 내 곁이 아니라 이민호의 옆이라는 아픔은 혼자 감당해야 할 내 몫일 테지.

눈을 크게 뜨고 무대 위의 녀석을 들이마셨다. 그렇게 녀석을 가슴 속에 영원히 담아두려는 듯이. 숨을 한 번 더 크게 몰아쉬었다. 그러고서 천천히 돌아섰다. 구경하는 애들은 금방이라도 무대 위로 뛰어 올라갈 태세였다. 꾸역꾸역 밀려드는 애들의 물결을 힘겹게 거슬러 겨우 운동장을 빠져나갔다.

내가 간 곳은 매점이었다. 녀석에게 보낼 마지막 선물을 고르기에는 참으로 적당하지 않은 장소지만 어쩔 수 없었다. 한참 만에 참치마요 컵밥과 우엉차를 골랐다. 녀석이 전에 편의점에서 골랐던 브랜드는 아니었지만, 우엉차가 있어 그나마 다행이었다. 바로 먹을 수 있게 컵밥을 전자레인지에 넣고 데웠다. 노트를 북 찢어 메모도 썼다.

공연하느라 밥도 못 먹었지?
네 무대 잘 봤다.

교실은 마침 텅 비어 있었다. 녀석의 책상 서랍에 따끈한 내 마지막 선물을 넣으며 조그맣게 중얼거렸다.

"안녕."

그때 교실 문이 벌컥 열리고 애들이 우르르 들어왔다.

"미친 거 아니야?"

난 너무 놀라 그대로 엉덩방아를 찧고 말았다.

드, 들킨 거야?

"하찌 그 자식, 어떻게 전교생이 보는 앞에서 김가을한테 꽃다발 바칠 생각을 했지?"

"크크큭. 그러면 김가을이 좋아할 줄 알았나 보지."

"진짜 바보 아니냐?"

휴, 다행이다. 날 보고 한 말이 아닌가 보다.

"아까 김가을이 꽃다발 집어던질 때 하찌 표정 봤냐?"

"와, 그 자식 진짜 어떻게 얼굴 들고 다니냐? 농구부에서도 짤리고 전교생 앞에서 쪽 제대로 팔리고. 나 같으면 학교 못 다닌다."

나는 애들 눈치를 살피며 엉거주춤 녀석의 자리에서 기어 나왔다. 진석이가 날 힐끔 보더니 말했다.

"우국대, 거기서 뭐하나?"

"어? 바닥에 지우개를 떨어트렸는데 안 보이네."

"야, 내가 지우개 하나 줄게. 교실 바닥 그만 쓸고 다녀."

"그, 그래. 고마워."

5교시 종이 울릴 때까지도 녀석은 나타나지 않았다. 국어 샘이 들어와 수업을 시작했지만 내 신경은 온통 교실 뒷문에 쏠려 있었다. 뒤통수에 눈이 달린 것도 아닌데 녀석이 들어온 걸 곧바로 알아차릴 정도였다.

"늦어서 죄송합니다."

녀석이 꾸벅 인사를 하며 들어왔다. 아직도 볼이 발갛게 상기되어 있었다. 반 애들이 "오오오." 하며 환호인지 야유인지 모를 괴성을 질렀다. 샘조차 늦게 들어온 녀석에게 화를 내기는커녕 칭찬을 했다.

"아까 춤 잘 봤다. 정말 잘하던데?"

"감사합니다."

녀석이 쑥스러운 듯 웃었다.

오늘은 수요일인데, 녀석은 연극부에 오지 않겠지. 벌써 온 세상이 텅 빈 것처럼 쓸쓸해졌다. 나는 책상에 엎드려버렸다.

"국대 어디 아프니?"

국어 샘이 물었다. 상혁이는 맨날 엎드려 자도 그냥 두면서 나한테만 왜 저러시는지. 애들의 눈길이 순식간에 나한테 쏠렸다. 녀석의 시선도 느껴졌다. 난 벌떡 일어나 자세를 바로 했다.

"아닙니다."

"그래, 그럼 진도 나가자."

수업이 시작되었지만 하나도 귀에 들어오지 않았다. 나는 샘의 눈치를 살피며 녀석 쪽을 힐끔거렸다. 언제 책상 서랍 속을 볼지, 내 선물을 발견하면 어떤 표정을 지을지 너무너무 궁금했다.

하지만 대체 어찌 된 일인지 녀석은 절대 서랍 속을 보려 하지 않았다. 수업이 끝나고 쉬는 시간이 되어도 마찬가지였다. 책상

속에 무심코 손을 넣었다가 엄청나게 커다란 지네에게 손가락을 물린 적이라도 있는 걸까? 그게 아니라면 저렇게까지 책상 서랍을 외면할 리가 없었다.

사실 녀석은 책상 서랍 따위를 들여다볼 여유가 없기도 했다. 수업이 끝나자마자 반 애들이 구름처럼 녀석에게 몰려가 대답할 틈도 없이 질문 공세를 퍼부었다. 연습생 출신이라는 게 진짜냐, 춤은 어디에서 배웠느냐, 유튜브 무슨 채널을 구독하느냐, 심지어 뭘 먹으면 그렇게 춤을 잘 추게 되느냐는 질문까지. 게다가 복도에는 녀석을 구경하러 몰려온 여자애들까지 우글거렸다. 녀석은 순식간에 우리 학교 최고의 '핵인싸'로 등극한 것이었다.

수업이 끝나고 동아리 활동 시간이 되었지만, 녀석은 여전히 아이들에게 둘러싸여 있었다. 나는 그런 녀석을 외면하고 연극부실로 내키지 않는 발걸음을 천천히 옮겼다.

문을 여니 국희와 광수, 선영이가 풀이 죽은 얼굴로 앉아 있었다. 한쪽 구석에는 교실에서 순간이동 해 온 것처럼 상혁이가 엎드려 있었다. 책상을 길게 이어 붙여 놓고 드러누워 있는 하찌도 보였다. 국희가 슬금슬금 눈치를 보며 내게 물었다.

"서동욱은? 진짜 블레이즈로 간 거야?"

난 대답 없이 가방을 내려놓고 털썩 앉았다. 국희가 투덜거렸다.

"너무하네, 인사 한마디 없이. 스카우트 됐다고 바로 발 빼기냐?"

"그러게요. 좀 서운하네요."

선영이가 한마디 거들자 광수가 고개를 살랑살랑 저었다.

"그건 아니지. 블레이즈 같은 인기 동아리에서 오라는데 연극부에 남아 있을 사람이 누가 있겠냐? 나 같아도 당장….."

그 말에 내 안에서 겨우 버티고 있던 뭔가가 툭 끊어지는 느낌이었다. 꾸역꾸역 눌러두었던 절망이 날카로운 화살이 되어 애꿎은 광수에게로 날아갔다.

"뭐? 양광수! 너 지금 뭐라고 했냐? 연극부가 뭐 어때서!"

"아니, 그게 아니라요. 솔직히 블레이즈랑 비교하면 좀 그런 건 사실이잖아요."

"좀 그런 게 뭔데, 어? 그렇게 싫으면 너도 지금 당장 나가! 이따위 거지 같은 동아리에 너는 왜 붙어 있는 건데!"

"아니, 형. 제 말은 그게 아니고요."

"국대야, 너 왜 그래. 그런 뜻 아닌 거 알잖아."

국희도 나서서 말렸지만, 고삐 풀린 분노는 쉽사리 가라앉지 않았다.

"씨×!"

나는 책상을 발로 확 걷어찼다. 그 서슬에 하찌가 드러누워 있던 책상까지 흔들렸다.

"아, 뭐야."

하찌가 인상을 팍 쓰며 몸을 일으켰다. 하지만 하나도 겁나지 않았다. 오히려 잘됐다 싶었다. 신나게 두들겨 맞으면 차라리 기분이 나아질 것 같았다. 하찌가 날 노려보며 책상에서 내려왔다.

"야, 죽을래?"

하찌가 턱을 치켜들며 다가왔다. 나도 지지 않고 마주 노려보았다. 국희가 안절부절못하며 말했다.

"너희 진짜 왜 그래. 그만해."

당장이라도 하찌의 주먹이 내 얼굴을 향해 날아올 것 같았다. 하찌가 이를 꽉 깨무는 걸 보며 나도 모르게 눈을 질끈 감았다.

쾅!

그때 요란한 소리를 내며 문이 열렸다.

"어?"

"어!"

슬그머니 눈을 떴다. 다들 놀라고 어리둥절한 얼굴이었다.

"미안. 좀 늦었지?"

녀석이 거기 서 있었다. 광수가 대뜸 물었다.

"형, 블레이즈로 간 거 아니었어요?"

"내가 왜? 연극 공연해야지."

국희가 소리를 지르며 반겼다.

"까악! 연극부 만세!"

"형, 일어나 봐요. 우리 공연 다시 한대요."

광수는 자고 있던 상혁이까지 흔들어 깨웠다. 상혁이는 게슴츠레한 눈으로 일어나 뭔지도 모르고 배시시 웃었다. 선영이도 앞머리 커튼 속에서 수줍게 미소를 지었다. 하찌는 못마땅한 얼굴로 입맛을 쩝쩝 다셨다. 바로 그때, 복도에서 우당탕 쿵쾅 소리가 시끄럽게 들리더니 문이 빠끔 열렸다. 볼이 발그레한 여학생이 얼굴을 쏙 내밀더니 물었다.

"지금 연극부에 가입할 수 있나요?"

다들 나만 쳐다봤다. 난 애들 눈치를 살피며 고개를 끄덕였다.

"으응, 물론이지."

그러자 여자애가 문을 활짝 열고 환하게 웃으며 소리쳤다.

"애들아, 된대. 어서 들어와!"

"와!"

한 트럭은 족히 될 법한 여학생 무리가 함성을 지르며 들어왔다. 흡사 6·25 전쟁 때 중공군이 밀려오는 모습을 재현하는 느낌이었다. 좁은 연극부실은 순식간에 아수라장이 되었다.

"저, 저기! 잠깐만!"

"줄을 서시오!"

"오디션 봐야겠네, 오디션."

"국대야, 등장인물 50명 추가!"

…더 이상의 자세한 설명은 생략하겠다. 녀석의 옆자리를 둘러싸고 벌어진 다툼은 아귀 지옥을 방불케 하는 장면이었다고만 해두자. 지옥도의 한 장면에서 간신히 벗어난 녀석과 나는 녹초가 되어 터덜터덜 집으로 향했다.

"어쩌지? 진짜 오디션이라도 봐야 하나?"

난 한숨이 나오는데 정작 이 사달을 불러온 녀석은 씩 웃기만 했다.

"어떻게 되겠지, 뭐."

"참 내, 너는 웃음이 나오냐?"

"그럼 어떡해."

녀석은 또 속없이 웃었다.

그렇게 멋지게 웃으면 나더러 어쩌라고. 어휴. 내 속을 누가 알아 정말. 난 씩씩거리며 녀석을 앞질러 갔다.

"우국대!"

"왜!"

난 부루퉁해서 뒤도 돌아보지 않고 대답했다. 하지만 녀석의 말에 우뚝 멈춰 설 수밖에 없었다.

"잘 먹었다, 컵밥."

나는 아주 천천히 고개를 돌렸다. 녀석이 장난스럽게 눈을 찌푸리며 말했다.

"너 아니었으면 배고파서 진짜 죽을 뻔했어."

"어, 어떻게… 알았어?"

녀석은 당연하다는 듯 되물었다.

"야, 우엉차 사 먹는 고딩이 설마 또 있겠냐? 우리 말고."

우리. 녀석의 입에서 나온 '우리'라는 말이 가슴 속을 마구 휘

저으며 날아다녔다.

"아, 그런가."

나는 어색하게 얼버무리며 발갛게 달아오른 귓불을 감추려고 얼른 고개를 숙였다. 그때 녀석이 불쑥 어깨동무를 해오며 말했다.

"역시 나 생각해주는 사람은 우리 국대밖에 없구나."

갑자기 내 귓속으로 벌 떼가 한꺼번에 달려든 걸까. 머릿속에서 벌들이 미친 듯이 윙윙댔다. 세상이 빙글빙글 도는 걸까. 어지럼증이 몰려와 그만 제자리에서 비칠거렸다. 어디선가 라일락 향기가 났다. 라일락은 이미 다 졌을 텐데.

"간다. 내일 보자!"

녀석이 휘적휘적 앞서 걸어갔다.

난 꼼짝도 하지 못하고 한동안 제자리에 붙박인 채 서 있었다. 녀석의 손길이 닿았던 곳은 마치 불에 덴 것처럼 열기가 내내 가시지 않았다. 빛과 어둠이, 환희와 절망이 질척하게 뒤엉켰다. 나는 기꺼이 그 수렁 속에 몸을 맡긴 채 멀어져가는 녀석의 뒷모습을 바라보았다.

늦은 오후의 햇살이 녀석을 비추며 긴 그림자를 만들었다. 깊은 한숨이 나왔다.

넌 대체 어쩌자고, 그림자까지 멋진 거냐고.

나는 천천히 발길을 돌렸다. 목숨 걸고 짝을 찾는 수컷 매미의 처연한 울음이 내 뒤를 따라왔다.

그날 밤, 꿈을 꾸었다.

나는 네모난 상자 속에 갇혀 있었다. 상자치고는 꽤 커서 내 몸이 딱 들어갈 만한 크기였다. 상자 속에 있는 게 갑갑하기도 했지만, 또 한편으론 안락한 느낌도 있었다. 그러다 갑자기 내가 죽었다. 상자 속에 갇힌 채로. 장례식장에 모인 사람들이 수군거렸다.

저 애는 참 성실하고 착했어. 아주 모범생이었지. 생긴 것도 네모반듯하잖아. 어느 한 귀퉁이도 어긋나지 않고 딱 들어맞아. 게다가 크기도 아주 적당하지. 정말 훌륭한 상자였어.

나는 외쳤다.

나는 상자가 아니야!

목에서 피 맛이 느껴질 때까지 외치고 또 외쳤다. 하지만 사람들에겐 들리지 않는 모양이었다. 그들은 계속해서 말했다.

이만큼 완벽한 상자는 다시 만나기 힘들 거야.

아니야! 아니라고!

그때 머리끝부터 발끝까지 온통 시커멓게 차려입고 얼굴은 소름 끼치게 창백한 사람이 나타났다. 꿈속의 나는 그가 저승사자란 걸 알아차렸다. 저승사자가 내게 물었다. 음산한 목소리였다.

그럼 넌 누구지?

나는 아무 대답도 할 수 없었다. 목이 탔다. 입술도 바싹 말랐다.

말해 봐. 네가 누군지.

저승사자가 히히 웃었다.

… 사실은 너도 모르지?

눈을 번쩍 떴다. 등이 땀으로 흠뻑 젖어 있었다. 나는 일어나 앉아 거친 숨을 몰아쉬었다. 저승사자의 마지막 말이 계속 메아리쳤다. 뿌옇게 동이 틀 때까지 나는 다시 잠들 수 없었다.

4

붉은 꽃이
마당을
피로 덮을 때

찌는 듯한 더위가 계속 이어지던 무렵이었다. 몇 차례의 짧은 가출 끝에 마침내 아빠가 이사 갈 집을 구했다고 통보해 왔다. 아빠는 날 버거짱으로 불러내서는 왕새우 버거를 씹느라 바쁜 나를 보며 우수에 찬 목소리로 말했다.

"국대야, 아빠랑 엄마가 따로 산다고 해서 달라지는 건 아무것도 없어. 아빠는 지금까지처럼 앞으로도 우리 아들을 세상에서 가장 사랑할 거야. 그러니까 네가 힘들 땐 아빠한테 언제든 연락해야 한다. 알겠지?"

난 빨대로 콜라를 쭉 빨고 나서 물었다.

"그럼 다 먹고 나서 우리 놀이공원 가는 거야?"

"웬 놀이공원?"

"드라마 보면 코스가 그렇게 정해져 있던데? 엄마 아빠가 애 버리기 전에 맛있는 거 사 먹이고 놀이공원 데려가잖아."

아빠가 정색하며 말했다.

"우국대! 너 무슨 말을 그렇게 하니? 애를 버리다니. 아빠가 기껏 얘기했잖아. 아빠는 지금까지처럼….."

"아, 됐고. 이사 갈 곳이 어디라고? 청송? 거긴 어떻게 가면 돼?"

"고속버스 타면 금방이야."

"금방 뭐, 한 일곱 시간 걸리나?"

"요즘 고속도로 잘 뚫려 있어서 그렇게 오래 안 걸려."

"거기서 뭐 하게?"

"청송 하면 사과가 유명하잖아. 국대 너도 들어봤지? 청송 사과. 아빠 아는 선배가 거기서 사과 농사를 짓는데 그동안 쌓은 노하우를 싹 다 전수해준대."

"난 왜 이렇게 마음이 안 놓이지?"

"아들, 너까지 이러기야?"

"알았어, 알았어."

난 참았던 질문을 마침내 꺼냈다.

"엄마랑은? 어떻게 되는 건데?"

"천천히 마무리해야지. 네 엄마 마음 정리되는 대로."

아빠는 내 어깨를 두드려주고 청송으로 떠났다. 버스에 올라타는 아빠의 뒷모습을 보며 난 생각했다. 사랑을 마무리한다는 건 대체 뭘 어떻게 하는 걸까. 이혼서류에 도장을 찍으면 마음도 절로 마무리되는 걸까.

집에 돌아오자 엄마는 컴컴한 방에 우두커니 앉아 있었다.

"뭐해, 불도 안 켜고."

"아빠 잘 갔니?"

"응."

"뭐래?"

"남은 짐 가지러 나중에 들른대."

"그 말뿐이야?"

"엄마한테 사랑한다고 전해달래."

"뻥이지?"

"응."

"…훗. 어쩜 넌 네 아빠를 꼭 빼닮았니. 거짓말을 못 해."

난 엄마 옆에 엉거주춤 앉았다. 불은 켜지 않았다. 컴컴한 그대로도 나쁘지 않았다.

"엄마, 소주 한 잔 할래?"

"아니."

"왜?"

"맨정신으로 이 시간을 보내고 싶어."

"그래, 잘 생각했어."

"국대야."

"응?"

"엄마가 너한테 이거 보여준 적 없지?"

"이게 뭔데?"

낡은 편지봉투였다. 얼마나 오래된 건지 가장자리가 다 헐어 있었다. 열어보니 안에는 곱게 접은 편지지가 들어 있었다.

산이 산이라서 높고 푸르듯,

물이 물이라서 깊고 맑듯이,

그대는 그대라서 아름답습니다.

'ㅣ'의 꼭대기를 심하게 구부려 쓰는 필체. 한눈에 보아도 아빠의 글씨였다. 그러고 보니 언젠가 또 한바탕 난리굿을 치르고 나서 엄마가 넋두리하던 말이 생각났다.

"산이고 물이고 나발이고! 그깟 시 한 줄에 내가 괜히 마음을 돌려서 지금 이 모양 이 꼴이지."

그깟 시 한 줄이라는 게 바로 이거였던 모양이다. 어둠 속에서 엄마는 천천히 옛이야기를 시작했다.

할머니가 찾아와 뱃속에 있는 애 지우고 떠나라며 돈 봉투를 던지고 간 날, 엄마는 울면서 가방을 쌌다고 했다. 태어나기도 전부터 수모를 당해야 하는 내가 불쌍해 견딜 수가 없더란다.

아빠는 문밖에서 서성이다가 가방을 들고 나서는 엄마에게 말없이 이걸 내밀었단다. 멀리 가지도 못하고 엄마는 집 근처 버스 정류장에 기대어 아빠가 쓴 시를 읽었다. 그러고 다시 집으로 돌아왔단다. 때마침 소나기가 주룩주룩 내려준 덕에 엄마는 흐르는 눈물을 감출 수 있었다고 했다.

엄마가 자존심도 내버리고 '그깟 시 한 줄에' 발걸음을 돌린 걸 나는 이해할 수 있었다. 불우한 엄마의 생에서 "있는 그대로 너를 사랑해."라고 말해 준 사람은 아마도 아빠뿐이었을 테니까. 사랑하는 이의 부모에게 인정받으려고 그토록 노력했는데도 돌아오는 건 차디찬 모멸감뿐일 때, 다른 어떤 이유 때문이 아니라 '네가 너라서' 좋다고 말해주는 사람이었으니까. 엄마는 그리도 당연하게 아빠에게 돌아갈 수밖에 없었던 거다.

그처럼 따스했던 사랑도 결국은 '마무리'되는 날이 오고 만다. 그것이 사랑일까. 한사코 녀석을 향해 설레는 지금의 내 마음도 시간이 가면 언젠가는 '마무리'될까. 엄마는 술 없이 오늘 밤을 견뎌보겠다고 했다. 하지만 나는 술 한잔하고 싶은 기분이었다.

대신 조용히 내 방으로 와서 노트북을 열었다.

(앞부분 줄거리) 연우와 아가씨는 공작의 손아귀에서 간신히 도망쳐 깊은 산속 작은 동굴에 쉴 자리를 마련한다. 추위에 떠는 아가씨를 위해 연우는 나뭇가지를 주워 와 불을 피우고 먹을 것을 구해온다. 아가씨와 연우는 나란히 앉아 타닥타닥 불꽃을 튀기며 타들어 가는 장작을 바라본다.

아가씨 실은 당신을 처음 보았을 때부터 낯설지 않았어요.

연우 (두근두근) 그런가요?

아가씨 참 이상하죠?

연우 글쎄요.

(독백-노래) 아주 오래전, 혹은 먼 훗날.

한 남자가 있었답니다.

당신만 바라보는. 당신을 지키려는

당신을 사랑하는 한 남자.

아가씨 우리는 앞으로 어떻게 되는 걸까요? 계속 이렇게 도망
다닐 수 있을까요?

연우 글쎄요.

아가씨 (웃음) 계속 글쎄요만 하기에요?

연우 글쎄요. (말해놓고 웃음)

아가씨 근데 참 이상해요.

연우 또 뭐가요?

아가씨 글쎄요, 그 말이 뭐라고 이상하게 마음이 놓여요.

연우 (묵묵히 따듯한 눈으로 아가씨를 본다.)

아가씨 (스르르 눈을 감고 연우의 어깨에 기대어 잠이 든다.)

연우 (아가씨를 바라보며 노래)

지금 이대로 시간이 멈추어주길

우리 앞에 그 어떤 가시밭길이

기다리고 있다 해도 지금 이 순간 영~원하기를

♡❀♡

게릴라 콘서트 이후 녀석의 인기는 연일 상한가를 기록하며 끝 모르고 치솟았다. 교실 앞 복도에는 녀석을 보기 위해 여학생들이 구름처럼 몰려왔고, 사물함을 열면 초콜릿과 편지, 곱게 포장한 선물이 쏟아졌다. 팬클럽이 만들어졌다는 소문도 들려왔는데, 놀랍게도 회장은 채국희라고 했다. 난 국희에게 바로 톡을 날렸다.

국대 야채, 네가 짱이라며? 서동욱 팬클럽.

국희 우기걸스 말이야?

국대 팬클럽 이름하고는.

국희 오구오구, 우리 국대 질투하는구나?

국대 됐거든. 언제는 별로라며?

국희 어차피 내꺼 안 될 텐데 맘만 쓰리니까 그랬지. 하지만 뭐, 순수한 덕질이라면 상관없잖아? 잘생긴 우기는 관상용으로 딱이지.

국대 순수한 덕질? 그럼 순수하지 않은 건 뭔데?

국희 음, 개랑 사귀고 싶고 내가 독점하고 싶고 그런 거?

국희의 말에 난 잠시 생각에 빠졌다. 녀석이 학교의 핵인싸가 되어가는 걸 보며 솔직히 내 마음이 꿈틀거리긴 했다. 물론 애들이 녀석을 욕하고 멀리하는 것보다는 백번 나았다. 하지만 어떤지 마음 한구석이 편치 않은 것도 사실이었다.

생각해보니 난 좀 두려웠던 것 같다. 녀석이 이대로 훨훨 날아가 버릴까 봐, 그래서 내 손이 영영 닿지 않게 될까 봐 겁이 난 게다. 이런 마음은 '순수하지 않은' 걸까. 나는 조금 망설이다가 내친김에 국희에게 슬쩍 물어보았다. 아무리 생각해도 내가 기댈 곳은 국희밖에 없으니까. 마침 적당한 핑계도 준비되어 있었다.

국대 근데 말이야, 네가 만약에 사랑하면 안 되는 사람을 사랑하게 되었다면 어떻게 할 거야?

국희 갑자기 그건 왜 물어? 국대 너 혹시??

국대 뭔 소리야? 대본 말이야. 연우가 다른 사람과 결혼할 여자를 사랑하잖아.

국희 아하, 그렇지. ㅋㅋ 깜놀.

국희 근데 어떻게 하긴 뭘 어떻게 해. 네가 말했잖아. 사랑하면 안 되는 사람을 사랑한다며.

국대 ??

국희 네 말대로야. 그 마음도 그냥 사랑인 거야. 사랑에 빠진 사람이 그냥 사랑하는 것 말고 뭘 어쩌겠어.

망치로 세게 얻어맞은 것처럼 한동안 머리가 멍했다.
그 마음도 그냥 사랑인 거야.

나는 그동안 왜 내게 그렇게 말해주지 못했을까. 갑자기 울컥 눈물이 날 것 같았다. 그때, 촉촉하게 젖어가는 내 마음에 확 재를 뿌리는 소리가 들렸다.

　"하, 누군 좋겠네. 사물함이 선물로 미어터지네. 이를 어째? 내 사물함이라도 좀 빌려드릴까?"

　하찌였다. 저 자식은 우리 반도 아닌데 굳이 왜 여기까지 와서 녀석에게 시비를 거는지.

　"재밌냐? 어? 학교 와서 아이돌 놀이하니까 재밌냐고?"

　녀석은 아무 대꾸도 하지 않았다. 하지만 그게 하찌의 비위를 더 건드린 모양이었다.

　"왜 남의 말을 씹냐? 인기 좀 생겼다고 사람 무시하는 거야, 뭐야?"

　그제야 녀석은 하찌를 쏘아보았다.

　"야리면 어쩔 건데? 어? 함 붙어 보게? 쫄리면 네 팬클럽 다 데려오든가."

　금방이라도 싸움이 터질 분위기인데, 아무도 나서서 말리지 않았다. 오히려 영화 관람이라도 하는 양, 흥미진진한 기색이 역력했다. 내놓고 표현은 하지 않았지만 다들 속으로는 녀석을 아니꼽게 생각했던 걸까.

　녀석은 상대하지 말자고 생각했는지 그냥 제자리로 돌아가려 했다. 하지만 하찌는 기어이 폭탄을 던졌다.

"성추행범 주제에 나대기는."

순식간에 교실이 조용해졌다.

퍽!

분노로 무장한 주먹은 정확히 하찌의 턱을 겨냥해 날아갔다. 방심하고 있던 탓인지 하찌는 휘청휘청 뒷걸음질을 치다 급기야 바닥에 철퍼덕 주저앉고 말았다.

그 모습에 나의 뇌는 소스라쳐 잠시 탈출했던 정신에게 당장 귀환할 것을 명령했다. 정신이 돌아오자 하찌를 때려눕힌 내 주먹이 비로소 덜덜 떨리기 시작했다. 교실은 순식간에 냉동 창고처럼 얼어붙었다. 반 애들은 꽁꽁 얼린 동태처럼 눈도 뻐끔거리지 못하고 있었다.

당연한 일이었다. 솔직히 말하면 예상치 못한 전개에 가장 놀란 건 아마 나일 거다. 나도 모르게 주먹이 튀어 나간 것도, 하찌가 내 주먹에 나가떨어진 것도 너무 놀랍고 당황스러워서 정작 녀석의 반응은 살필 겨를도 없었다.

"분위기 왜 이래?"

담임이 나타나자 아이들은 저마다 수군거리며 제자리를 찾아갔다. 하찌는 벌떡 일어나 엉덩이를 툭툭 털었다. 그리고 내 곁을 지나며 낮은 목소리로 말했다.

"끝나고 보자."

심장이 마구 벌렁거렸다. 하찌의 경고가 겁나서만은 아니었다.

나도 모르게 순간적으로 한 일이었지만, 녀석을 위해 처음으로 뭔가를 했다는 사실이 못내 뿌듯했다.

하지만 막상 수업이 끝날 때가 되어가자 뿌듯함은 점차 옅어지면서 안절부절못하기 시작했다. 하찌가 농구부 무리를 이끌고 교문 앞에서 날 기다린다고 생각하니 횟집 앞 수조에 들어 있는 싱싱한 횟감이 된 기분이었다.

종례가 끝나고 반 애들은 하나둘씩 가버렸다. 교실은 금세 텅 비었다. 난 어떻게든 시간을 끌어보려고 괜히 가방에 있는 책을 꺼냈다 다시 넣기도 하고 책상 서랍을 뒤집어엎기도 하다가, 마침내 태어나 처음으로 사물함 정리를 시작했다.

사물함 안에서 구겨진 학습지와 가정통신문이 끝도 없이 나왔다. 나는 이토록 많은 프린트물을 만들어 배부해 주신 선생님들의 노고에 깊이 감사하며 성실히, 그리고 되도록 천천히 학습지를 정리했다. 버릴 것, 안 버릴 것을 먼저 나누고 모아두어야 할 것은 과목별로 따로 정리했다.

한참을 몰두하고 있는데 갑자기 검정 스니커즈 앞코가 내 눈앞에 성큼 다가왔다. 이건⋯. 나는 떨리는 마음으로 고개를 들었다.

그래, 녀석이었다. 나는 반갑기도 하고 한편으론 아니기도 했다. 녀석이 날 찾아와 준 건 분명 삼대가 함께 만세 부를 만큼 기쁜 일이었다. 하지만 잠시 뒤 하찌 무리에게 늘씬하게 얻어터질 내 운명을 생각하면, 그토록 비루한 모습을 녀석에게만큼은 절대 보여주고 싶지 않았던 거다.

"집에 안 가?"

녀석은 아무것도 모르고 해맑게 물었다.

"어, 난 좀 바빠서…."

난 학습지 더미를 들어 보이며 어깨를 으쓱했다.

"너는?"

"이걸 놓고 가서."

녀석은 수학책을 들어 보였다. 그러고는 내 옆에 쪼그려 앉아 학습지를 분류하기 시작했다.

"아니, 안 도와줘도 되는데."

만세 삼대가 이겼다. 난 비죽 솟아 나오는 웃음을 애써 참으며 녀석이 건네주는 학습지 뭉치를 받았다. 우리는 한동안 말없이 분류 작업에만 몰두했다.

끝이 보일 무렵, 녀석이 입술을 지그시 물고 조심스럽게 입을 열었다.

"너도… 그렇게 생각해?"

"뭘 말이야?"

"아까 하찌가 한 말."

이번엔 내가 입술을 깨물 차례였다.

"아…."

"소문 다 났다며. 너도 들었지? 내가 예전 학교에서 여자친구를 성추행해서 학폭 안 여는 대신 자발적으로 전학 온 거라고.”

난 천천히 고개를 끄덕였다.

“그 소문, 사실이라고 생각해?”

뭐라고 말해야 할까.

‘아니. 절대 아니지. 네가 그럴 리 없잖아.’

그 말이 과연 내 진심일까? 나는 그렇게 말할 수 없었다.

침묵이 길어지면 안 되는데. 이런 질문은 바로 대답해야지, 질질 끄는 순간 상대방은 이미 마음이 상해버린다고. 미치겠다! 신이시여, 정답을 내려주소서!

나의 뇌가 정답을 찾아 코브라트위스트를 추고 있을 때, 녀석의 얼굴은 빠른 속도로 굳어가고 있었다. 안 돼!

“역시 그렇….”

“나는 나를 믿어!”

으아, 불쑥 말해버렸다. 그게 아니라 “나는 너를 믿어.”라고 했어야 하나? 에라 모르겠다.

“난 내가 직접 보고 직접 경험한 것만 믿어.”

녀석의 눈동자에 물음표가 떠올랐다.

“소문은 소문일 뿐이니까.”

녀석의 얼굴이 비로소 환해졌다. 예스! 통과인 겁니까! 내가 속으로 감격의 부르스를 추고 있을 때, 녀석이 다시 입을 열었다.

“친구가 있었어. 아주 어릴 때부터 한동네에서 자란 단짝.”

난 고개를 끄덕였다.

"나도 있어. 허구한 날, 나만 보면 등짝 때리고 가는 애."

녀석이 누군지 알겠다는 듯 씩 웃었다.

"어느 날 걔가 좋아하는 여자가 생겼다는 거야. 처음이었어. 그런 말 한 거."

녀석은 계속 말을 이어갔다.

"근데 친구가 그 여자애한테 도저히 말을 못 하겠다며 나한테 부탁을 하는 거야. 내가 먼저 그 여자애랑 친해져서 자기랑 잘 되게 도와달라고. 그 여자애가 마침 나랑 같은 반이었거든. 참 바보 같은 생각이지만, 그땐 그저 친구를 도와주고 싶은 마음이었어."

난 끼어들지 않고 묵묵히 듣고만 있었다. 왠지 그래야 할 것 같은 분위기였다.

"문제는 내가 성공적으로 그 여자애랑 친해지고 난 다음부터였어. 애초에 계획한 대로 난 친구와 그 여자애를 이어주려고 자릴 마련했어. 셋이 놀다가 자연스럽게 빠지려 했던 거야. 그런데 나중에 알고 보니 그 여자애는 내가 자길 좋아한다고 오해를 하고 있었더라고."

녀석에게는 정말 미안한 말이지만, 이 대목에서 난 한숨이 절로 나왔다. 얼굴도 모르는 그 여자애 마음을 단박에 이해할 것 같았기 때문이다. 녀석이 먼저 다가와 친근하게 구는데 그렇게 오해하고 싶지 않을 사람이 과연 있을까? 자기가 얼마나 치명적인 매력을 가졌는지 녀석은 정말 모르는 걸까?

"게다가 여자를 만나는 게 처음이었던 내 친구는 첫 데이트에서 어떻게 해야 하는지 전혀 몰랐던 거야. 그냥 인터넷에서 검색해본 게 다였지. 하필이면 연애 한 번 못해본 인간들이 아무 말이나 막 던지는 이상한 사이트를 본 거야. 그리고 첫 만남에서 무리하게 스킨십을 시도한 모양이야. 여자애가 싫다는 표현을 했는데도."

녀석은 지금 생각해도 질린다는 듯 진저리를 쳤다. 난 고개를 갸웃거렸다.

"그럼 성추행범은 네 친구인 거잖아. 근데 왜 네가…?"

녀석은 가볍게 한숨을 쉬며 고개를 절레절레했다.

"굳이 말하자면 괘씸죄?"

"뭐?"

"다음 날, 그 여자애는 학생부에 가서 우리 셋이 만났던 자리에서 성추행을 당했다고 얘기했어. 샘은 당연히 누가 그런 거냐고 물어봤겠지? 그 여자애는 내 이름을 댔어. 그 순간 내 친구보다는 내가 더 미웠던 모양이지."

"아니, 너랑 친구가 같이 사실을 밝히면 금방 들통 날 일을."

"그랬겠지. 우리 둘이 함께 아니라고 했다면."

"…그럼?"

녀석의 얼굴이 차갑게 굳었다.

"내 친구는 잔뜩 떨고 있었어. 학생부에서 처벌을 받을까 봐, 학교에 소문이 날까 봐. 그 자식 꽤 모범생이었거든. 난생처음 절망의 구렁텅이에 빠져버린 거지. 그런데 학생부에서 호출을 받은 건 나였단 말이야. 내 오랜 단짝은 무슨 일이 있었는지 곧 알게 되었고 결심했지. 날 짓밟고 올라가서 자기 혼자 구렁텅이에서 빠져나가기로."

"뭐? 아니, 어떻게 그럴 수가!"

"내 친구가 입을 다물어버리니까 내 말은 전혀 통하지 않았어. 그 여자애도 양심에 걸렸는지 아니면 나중에 사실이 밝혀질까 봐 겁이 났는지 학폭은 열지 않는 쪽으로 합의를 해주더라고. 하지만 난 더는 그 학교에 다니고 싶지 않았어. 소문이 겁나서라기보다는."

녀석의 눈시울이 붉어졌다.

"그 친구를 다시 볼 자신이 없더라고."

난 입을 다물었다. 이럴 땐 또 어떤 말을 해야 하는 걸까. 수능보다 백만 배는 어려운 문제였다. 다행히 녀석이 다시 입을 열었다.

"그래서 여기로 전학 와서는 친구 같은 거 사귀지 않을 작정이었어."

녀석이 내게 마지막 학습지를 건넸다. 난 학습지를 받아 파일에 끼웠다. 녀석이 먼저 바지를 툭툭 털며 일어섰다.

"다했다. 이제 가자."

나도 녀석을 따라 일어나 바지를 툭툭 털었다. 녀석이 물었다.

"집으로 가?"

"응. 너도?"

"난 학원. 참, 나 학원 옮겼는데 그때 그 편의점 있잖아. 거기 바로 위층이다?"

"정말? 그때 그 참치캔 누나 아직 알바 하시나?"

"누나 아니야. 우리랑 동갑이야."

"그래? 그건 또 어떻게 알았어?"

"학원 가는 날마다 거기서 저녁 해결하거든. 뭐, 자주 만나다 보니까."

녀석이 씩 웃으며 뒷말을 흐렸다. 전에 누군가 그랬다. 강남에서 학원 정보는 아무한테나 알려주지 않는 거라고, 정말 가까운 사이에서만 공유하는 거라고. 나도 녀석을 따라 씩 웃었다.

우리 둘은 나란히 가방을 메고 교실 문을 나섰다.

하찌와 농구부 무리에 대한 걱정은 이미 안드로메다로 날아가 버린 지 오래였다. 하지만 감히 맹세컨대, 눈앞에 그들이 쇠파이프를 끼고 늘어서 있다 해도 난 두렵지 않았을 거다. (이토록 뻔한 멘트를, 이토록 진심으로 하게 될 날이 올 줄은 정말 몰랐는데 인생이란 뜻대로 되지 않는 법인가 보다.) 내 곁에 녀석이 함께 있는 한, 난 세상 그 무엇도 두렵지 않았으니 말이다.

(앞부분 줄거리) 도망치던 연우와 아가씨는 결국 공작의 병사들에게 붙잡히고 만다. 밧줄로 꽁꽁 묶인 채 공작의 앞에 끌려온 두 사람.

공작 신부를 지키라고 보냈더니! 감히 네 놈이 결혼식 전날 밤, 내 신부와 정분이 나서 도망을 쳐? 이 괘씸한 놈!

연우 (눈을 부릅뜨며) 정분이라니 그 무슨 해괴한 말이냐! 네가 자객을 보내 아가씨를 죽이려 하지 않았느냐!

공작 (놀란 표정을 재빨리 수습하며) 뭣이? 이놈이 얼토당토않은 이야기를 지어내어 빠져나가려는 수작이로구나.

연우 너의 더러운 속셈을 하늘이 알고, 땅이 알고, 내가 알고 있다! 네가 아가씨에게 치욕적인 불명예까지 덮어씌우려 한다면 내가 결코 용서하지 않을 것이다.

공작 … 그래? (뭔가 생각난 듯 비열하게 웃는다.)

(공작은 병사들에게 아가씨를 데리고 나가라고 한 뒤 연우에게 다가가 귓속말을 한다.)

공작 좋아. 네놈이 저 여자를 그리도 아낀단 말이지. 그렇다면 좋다. 이건 어떠냐?

연우 (의심스러운 눈초리로 공작을 노려본다.)

공작 여자를 살려주지. 단, 조건이 있다.

연우 아가씨 몸에 손끝 하나 대지 않는다면 무엇이든 하겠다. 내 목숨도 아깝지 않다.

공작 (가소롭다는 표정으로) 홋, 대단한 사랑이군. 그렇다면 널 풀어주지. 지금 당장 성으로 가서 저 여자의 부모를 네 손으로 없애라. 재산은 모두 내가 차지하고 대신 너희에게 자유를 주지.

연우 !!!!!

공작 어때? 할 수 있겠나?

연우 (침통한 표정으로 고개를 끄덕인다.)

공작 크하하핫. 좋아. (연우를 풀어준다.)

연우 (복잡한 표정으로 망설이다가 마침내 결심한 듯 등을 돌려 뛰어간다.)

♥♣♥

다음 날 아침 등굣길에서도 난 긴장을 늦추지 않았다. 언제 어디에서 하찌의 주먹세례나 발길질이 날아올지 알 수 없었기 때문이다. 하지만 학교에 도착할 때까지 아무 일도 일어나지 않았다. 이래서 두고 보자는 놈은 무서워할 필요가 없다는 걸까. 난 어쩐지 우쭐해져서는 위풍당당하게 교실로 들어갔다.

하지만 급속 충전된 나의 자존감은 사물함을 연 순간, 바닥으로 곤두박질치고 말았다. 낯선 쪽지 하나가 교과서 위에 가지런히 놓여 있었다. 종이를 접는 수고조차 생략해버려 내가 사물함을 열자마자 쪽지에 쓰인 붉은 글씨가 한눈에 들어왔다.

네가 누굴 좋아하는지 나는 알지.

너 게이냐? ㅋ

불에 덴 듯 사물함을 쾅 닫아버렸다. 심장이 미친 듯이 펄떡였다. 나는 사색이 되어 주변을 둘러보았다. 교실은 여느 아침 풍경과 다름없어 보였다. 내게 시선을 주는 사람은 아무도 없었다. 하지만 나는 극도로 긴장한 나머지 현기증이 날 지경이었다. 입안이 바싹 마르다 못해 타들어가는 느낌이었다. 나는 다시 한번 주변을 둘러보고 곁에 아무도 없는 것을 확인했다. 재빨리 사물함을 열고 쪽지를 움켜쥔 다음 빠른 걸음으로 화장실로 향했다.

화장실 문을 잠그고 나서도 진정이 되지 않았다. 난 잠시 벽에 기대어 심호흡을 크게 했다. 아주 천천히 변기 뚜껑을 내리고 그 위에 털썩 주저앉았다. 떨리는 손으로 주먹을 펴서 쪽지를 다시 봤다.

글씨는 OMR카드에 예비 마킹을 할 때 사용하는 빨간 사인펜으로 쓴 것 같았다. 필체를 숨기느라 일부러 삐뚤빼뚤 쓴 것인지는 몰라도 마치 초등학생 글씨처럼 서툰 글씨체였다. 남의 글씨체를 눈여겨본 적이 없어서 글씨만 보고는 도무지 누구의 짓인지 짐작할 수 없었다.

나는 남아 있는 에너지를 최대한 머리로 끌어모으려 애를 썼다. 어제 사물함을 정리할 때는 분명히 쪽지가 없었다. 사물함을 뒤집어엎다시피 했으니 쪽지가 있었다면 발견하지 못했을 리 없다.

내가 나갈 때까지 교실엔 나와 녀석 외엔 아무도 없었다. 쪽지는 그 후에 넣어둔 것이 확실하다. 누굴까. 우리 반일까? 아니면 다른 반? 내 머릿속은 바쁘게 휙휙 돌아갔다.

내가 누굴 좋아하는지 안다고? 내 마음속을 들여다 봤을 리는 없고. 도대체 뭘 본 걸까? 내가 녀석에 대한 마음을 밖으로 표현한 적이 있었던가?

곰곰 생각하던 끝에 문득 떠오르는 장면이 있었다. 혹시…?

녀석이 게릴라 콘서트로 화려하게 데뷔하던 날, 아무도 없는 교실에 들어와 녀석의 책상 서랍 속에 컵밥과 우엉차를 넣어두었다. 그때 갑자기 들어온 아이들 때문에 나는 깜짝 놀라서 엉덩방아를 찧었다. 혹시 그중 한 명일까?

"우국대 너 거기서 뭐하냐?"

그렇게 말했던 건… 그래, 윤진석이었다. 진석이는 녀석이 전학 온 지 얼마 되지 않았을 때 강남 학원 정보를 알려주지 않는다며 화를 낸 적이 있었지. 그 때문에 녀석이 성추행범이라는 소문이 퍼지기도 했고. 그 뒤로 별다른 일은 없었는데, 실은 녀석을 계속 주시하고 있었던 건가? 그러다가 녀석 뒤를 졸졸 따라다니는 내가 눈에 들어온 거고?

나는 벌렁거리는 심장을 가라앉히려고 최선을 다했다. 심호흡을 크게 하고 속으로 애국가도 4절까지 불렀다. 중간중간 가사가 생각나지 않는 위기도 있었지만, 어쨌든 끝까지 마무리했다.(사실

이건 다른 신체 일부가 나의 통제 범위를 벗어나 제멋대로 굴 때 쓰는 방법이지만, 따지고 보면 심장도 신체 일부인 건 마찬가지니까.) 다행히 조금이나마 진정이 되는 듯했다. 때마침 조회 시간을 알리는 종이 울렸다. 이럴 때일수록 눈에 띄는 행동을 하는 건 좋지 않다. 난 서둘러 교실로 돌아갔다.

자리에 앉아 곁눈질로 진석이를 힐끔거렸다. 진석이는 내 쪽으로는 눈길도 주지 않았다. 일부러 저러는 걸지도 모른다. 난 확실해질 때까지는 진석이에 대한 경계를 늦추지 않을 작정이었다.

조회를 마치고 담임이 나가자 진석이가 자리에서 일어났다. 화장실에 가려는지 양손을 바지 주머니에 찔러 넣고 잘 불지도 못하는 휘파람을 불며 건들건들. 진석이가 교실을 나가자마자 난 진석이 책상을 향해 몸을 날렸다. 재빨리 책상 위부터 스캔했다. 필통이 열린 채로 놓여 있었고, 그 안에는 첫 번째 물증이라고 할 만한 것이 들어 있었다. 한쪽에는 컴퓨터용 사인펜이, 반대쪽에는 예비 마킹용 빨간 사인펜이 붙어 있는 바로 그 필기구! 쪽지의 빨간 글씨는 이걸로 쓴 게 틀림없다!

하지만 그런 펜은 대한민국에서 고등학교를 다니는 학생이라면 누구나 하나쯤은 가지고 있는 거다. 결정적 물증이라 할 수 없다. 그렇다면 다음 단계는 더욱 확실한 증거를 확보하는 것이다. 난 주변을 한번 둘러보고 슬쩍 진석이의 책상 서랍에 손을 넣어 노트를 꺼냈다. 쪽지의 빨간 글씨는 이미 내 머릿속에 선명하게 저

장되어 있으니 진석이의 필체와 비교해 보기만 하면 될 일이었다.

하지만 노트를 펼치고 난 몹시 실망하고 말았다. 둘 다 지지리 못 쓴 글씨라는 것 외에 공통점이라고는 없었다. 그래도 난 진석이가 범인이라는 마지막 희망의 끈을 놓지 않았다. 필체를 들키지 않기 위해 왼손으로 글씨를 썼거나 일부러 다르게 썼을 가능성도 충분하니 말이다.

그렇다면 이제 마지막 단계, 최고 난이도의 도전만이 남았다. 나는 다시 한번 심호흡과 애국가 4절의 콜라보를 마음속으로 시전하며 진석이가 돌아오길 기다렸다. 마침내 윤진석이 나타났다. 김용준이랑 껄렁한 농담을 주고받으며 낄낄거리고 있었다. 난 침을 꿀꺽 삼키고 큼큼, 헛기침을 하며 목소리를 가다듬었다. 셋, 둘, 하나, 레디 액션!

"야, 윤진석."

진석이가 내게 고개를 돌리는 그 찰나의 순간이 마치 한나절은 되는 것처럼 느껴졌다.

"뭐가 그렇게 재밌냐?"

내 말에 진석이 얼굴에서 갑자기 웃음기가 싹 가셨다. 그 모습에 머리털이 곤두섰다. 진석이가 굳은 얼굴로 말했다.

"우국대, 너 진짜 알고 싶냐? 감당 못 할 텐데."

그 순간 누가 날 툭 건드린다면 난 그대로 와자작 깨져버렸을 거다. 아무 말도 못 하고 얼어 붙어 있는 내게 진석이가 다가와 소곤거렸다.

"김용준, 5반 오혜영한테 고백받았대."

"…뭐?"

"완전 어이없지 않냐? 오혜영 걔 그렇게 안 봤는데 눈이 바닥에 붙었나 봐. 아니, 어떻게 김용준을 좋아할 수가 있지?"

난 순간 말문이 막혔다. 당황한 걸 감추려다 보니 헛기침이 나왔다.

"쿠, 쿨럭."

그러자 진석이가 내게 다가와 어깨동무를 하며 침통한 목소리로 말했다.

"우리 국대 너무 충격받았나 보네. 진짜 인생 뭐 같다. 차라리 그냥 남고 갈걸. 그럼 핑계라도 있지. 안 그러냐, 국대야? 너나 나나 이게 뭐냐, 남녀공학 다니면서 여태 모솔 신세라니."

난 가슴을 쓸어내리면서도 한편으론 진석이를 세심하게 관찰했다. 자연스러운 목소리 톤, 흔들리지 않는 눈빛, 게다가 결정적으로 내게 먼저 어깨동무를 해온 것으로 보아 확실히 결론 내릴 수 있었다. 윤진석은 범인이 아니었다. (내가 게이라고 생각했다면 절대 내 어깨에 손을 올리진 않았을 거다. 솔직히 이 자식들 생각하는 수준이 딱 그 정도라는 걸 나도 안다.)

진석이를 제외하자 수수께끼는 더욱 풀기 어려워졌다. 대체 누구란 말인가. 누가 녀석에 대한 내 마음을 눈치채고 협박 쪽지까지 써서 보냈단 말인가. 대체 무슨 의도로. 내가 겁먹는 걸 보고 즐기려고? 아니면 이걸 빌미로 앞으로 뭔가를 요구하려는 건가? 머릿속은 엉킨 실타래처럼 복잡해졌다. 이제는 아무런 힌트조차 없었다.

나는 찬찬히 교실을 둘러보았다. 모두 평소 쉬는 시간의 모습과 조금도 다르지 않았다. 웃고 떠들고 장난치는 아이들. 누군가는 이어폰을 꽂고 그 와중에도 책을 들여다보고 있고, 누군가는 책상에 엎드려 부족한 잠을 보충하고 있었다.

그 익숙한 모습이 갑자기 소름 끼치도록 낯설게 느껴졌다. 이처럼 아무렇지 않은 친구들 속에 남몰래 날 지켜보는 사람이 있다. 내게 협박 쪽지를 보내고 괴롭히는 날 보며 재미있어하는 사람이 있다. 머리가 빙글빙글 돌며 어지럼증이 몰려왔다.

"국대야, 괜찮아? 너 얼굴이 꼭 좀비 같아."

건우가 지나가다 내게 물었다. 하지만 그 말을 듣자마자 떠오른 생각은 이거였다.

혹시 박건우, 이 자식이?

난 머리를 절레절레했다. 내 앞에서 날 걱정해주는 친구가 뒤에서는 날 멸시하며 저주를 퍼붓고 있을지 모른다는 생각은 정말이지 끔찍했다. 이건 아니다. 세상 모두를 의심하면서 살 수는 없다. 그건 말 그대로 지옥이다.

난 토하기 직전의 기분으로 하루를 간신히 버텼다. 그러나 하필이면 수요일이었다. 당장 집에 가서 눕고 싶은 생각뿐이었지만 나는 터벅터벅 동아리실로 갔다. 그곳에서라면 마음의 위안을 얻을 수 있지 않을까 내심 기대하면서.

하지만 동아리실의 문이 열린 순간, 난 깨닫고 말았다. 빨간 글씨의 주인공을 찾아내지 못하면 지옥의 불구덩이에서 영영 벗어날 수 없다는 사실을.

혼잣말을 중얼거리고 있는 광수, 앞머리 커튼 속에 숨은 선영이와 책상에 엎드려 있는 상혁이는 물론, 녀석을 둘러싸고 우글우글 몰려 있는 '우기걸스' 회원들과 심지어는 내 단짝 국회까지 그 누구도 믿을 수 없었다.

"어, 형! 왔어요?"

양광수 저 자식, 말이 너무 많다. 생각해보니 내가 광수한테 "그만해라." 이 말을 너무 자주 한 것 같다. 그래서 혹시 원한을 품고 협박 쪽지를 쓴 것은 아닐까? 음흉한 놈…. 속내를 짐작할 수 없는 건 오선영도 만만치 않다. 항상 치렁치렁한 앞머리로 얼굴을 반 이상 가리고 다니는 것만 봐도 알 수 있다. 아니면 혹시 이상혁? 생각해보니 이상혁 앞에서는 늘 방심하고 있었다. 저 자식은 항상 엎어져 자고 있었으니까. 추리소설이나 영화에서도 항상 진짜 범인은 완벽한 알리바이를 만들어 의심을 피하곤 하지. 나는 책상에 엎드려 있는 상혁이의 널찍하고 퉁퉁한 등짝이 고른 숨소리에 맞춰 오르락내리락하는 걸 지그시 노려보았다.

"커, 커억."

염력이 통한 걸까? 상혁이가 갑자기 기침인지 신음인지 모를 소리를 내뱉으며 부스스 일어났다. 나와 눈이 마주치자 상혁이는 배시시 웃어 보이고는 다시 엎드려 잠을 청했다. 난 고개를 절레절레했다.

아니면 저 무리 중에 누군가일까? 난 녀석을 따라 우르르 연극부에 들어온 '우기걸스' 회원들을 향해 매의 눈길을 보냈다. 저들은 모두 녀석에게 꽂혀 있으니 녀석의 곁을 얼쩡거리는 내가 꼴 보기 싫었을 수도 있다. 하지만 아무리 생각해도 저들 중 누군가가 굳이 내게 협박 쪽지까지 보냈을 것 같지는 않았다. 그럴 시간에 차라리 녀석에게 팬레터를 한 장 더 쓰지 않았을까?

그렇다면 남은 사람은⋯. 나는 이어폰을 꽂고 고개를 까딱거리며 리듬을 타고 있는 국희에게 눈길을 돌렸다. 채국희 설마 네가? 아니, 아니겠지. 난 마음속으로 강하게 도리질했다.

하지만 국희는 내가 아는 사람 중에서 눈치가 가장 빠르다. 얘가 혹시 독심술을 익혔나, 아니면 내 뇌에다가 몰래카메라를 설치한 건 아닐까 진지하게 고민한 적이 한두 번이 아니다. 우리 엄마까지 속아 넘어간 거짓말도 국희한테는 통하지 않았다. 누군가 내 비밀을 눈치챘다면 그건 나와 가장 가까운 사이면서 동시에 가장 눈치가 빠른 채국희일 것이다. 그 생각은 굉장히 합리적인 결론인 것처럼 느껴졌다.

하지만 국희, 채국희. 네가 어떻게 나한테 이럴 수 있니. 엄마 뱃속에 있을 때부터 친구였던 네가, 산후조리원 신생아실에서부터 내 단짝이었던 네가 어떻게….

난 국희 옆에 앉아 있는 녀석을 애처로운 눈길로 바라보았다. 단짝 친구에게 배신당한 기분이 바로 이런 거였구나. 넌 그 힘든 시간을 어떻게 버텨낸 거냐. 눈가가 뜨끈해졌다. 녀석에 대한 애틋한 연민, 국희에게 배신당했다는 아픔에 녀석과 진한 공감대를 이루었다는 기쁨이 난데없이 더해져 울컥 눈물이 솟구치려는데, 벌컥 문이 열렸다. 그리고 들어온 사람은 다름 아닌 하찌였다.

하찌와 눈이 마주친 순간, 난 깨닫게 되었다.

내게 협박 쪽지를 보낸 범인이 바로 하찌라는 것을.

♡❀♡

어떻게 알게 된 거냐고 물으면 달리 설명할 길이 없다. 그냥 온몸으로 느꼈다는 말밖에는.

하찌는 들어오자마자 동아리실을 천천히 둘러보았다. 나와 눈이 마주치자 비실대며 웃었다. 하찌는 녀석을 힐끔 곁눈질하더니 다시 내게 눈길을 옮겼다. 그러고는 다시 히죽 웃었다. 그 순간 바로 느낌이 왔다.

이 자식이었구나!

하찌는 바지 주머니에 손을 찌르고 거들먹거리며 입을 열었다.

"잘들 되어 가나? 그 공연인지 마술쇼인지 하는 것 말이야."

"마술쇼라니, 그게 무슨 말이에요?"

호기심 천국 광수 녀석, 꼭 안 물어도 될 말을 묻는다.

"인간을 닭으로 만들어버리는 마술 말이야. 수리수리 마수리! 오글오글 닭살이 돋아 닭으로 변해버려라! 으흐흐. 그거 정말 재미있겠는데."

하찌는 배를 쥐고 깔깔대더니 갑자기 웃음을 뚝 멈췄다.

"아, 나 방금 기가 막힌 아이디어가 떠올랐어."

하찌가 사뭇 진지한 얼굴로 말했다.

"배역 아직 안 정했지? 내가 엄청난 캐스팅을 생각해냈어. 내 말대로 하면 공연 시작하자마자 무대를 완전히 찢어버릴 거야."

"어떻게?"

채도끼 저거, 분명히 자기가 귀족 아가씨 역에 딱 어울린단 말을 듣고 싶어서 저러는 거다. 어휴, 순진한 척하면서 물어봐도 네 얼굴에 다 쓰여 있다고!

하찌는 대단한 비밀이라도 발표하듯 은밀한 목소리로 말했다.

"우선 그 호위무산지 뭔지 짝사랑남 역할은 너!"

하찌의 손가락이 곧장 날 가리키자 국희가 의아하다는 듯 되물었다.

"우국대?"

곧바로 우기걸스 쪽에서는 흥분한 목소리가 이어졌다.

"말도 안 돼! 남주는 무조건 우리 우기지."

"쟤가 어딜 봐서 남주야? 잘생긴 우기를 놔두고!"

"우기 남주 안 시켜주면 우린 다 탈퇴할 거야!"

게다가 광수까지 은근히 실망한 목소리로 말했다.

"국대 형이요? 연기는 잘 못 할 거 같은데."

"워워워."

하찌가 방정맞은 손짓으로 곳곳의 불만을 잠재우는 시늉을 했다.

"진짜 대박 캐스팅은 지금부터야. 우국대가 남몰래 애태우며 짝사랑하는 상대는 바로바로."

하찌는 신난다는 듯 잔뜩 뜸을 들이다가 손가락을 뻗어 한 사람을 가리켰다. 그 순간, 난 물벼락을 맞은 기분이었다.

"…나?"

녀석이 눈을 동그랗게 뜨고 되물었다. 무슨 엉뚱한 소리냐는 듯. 하찌는 그런 녀석의 반응이 재미있다는 듯 눈을 반짝이며 물었다.

"왜, 마음에 안 들어? 우국대가 널 남몰래 마음에 품고 있는 게?"

"무슨 헛소리야."

녀석은 피식 웃으며 넘어가려 했다. 하지만 내 속은 천불이 나서 이글이글 타오르고 있었다. 하찌 저 자식이 내게 협박 쪽지를 보낸 것으로도 모자라 도발하고 있다! 그것도 녀석 앞에서!

태어나서 이렇게 화가 나기는 처음이었다. 난 하찌에게 분노의 레이저를 마구 발사했다. 눈빛으로 사람을 죽일 수 있다면 기꺼이 그렇게 했을 거다. 하지만 하찌는 아랑곳하지 않고 실실 비웃음을 던졌다. 마치 이렇게 빈정대듯이.

'노려보면 어쩔 건데? 네가 차마 못 물어보는 거 내가 대신 물어봐 줬잖아. 고맙다고는 못할망정.'

날카로운 시선이 팽팽하게 맞섰다. 칼과 칼이 허공에서 맞부딪치며 챙, 챙 위태로운 쇳소리를 내는 듯했다. 그때 국희가 어색한 목소리로 끼어들었다.

"굳이 남자가 여장할 필요가 있나? 여배우가 없는 것도 아닌데."

우기걸스도 곧바로 호응해왔다.

"맞아! 우리 우기가 아무리 잘생겼어도 여장은 아니지."

"그래, 부장! 남주는 우기가 맡고, 여주는 우리 중 한 명으로 네가 뽑아줘."

국희의 말에 우기걸스 한 명이 발끈했다.

"아니, 공정하게 오디션을 봐야지. 왜 부장 맘대로 하는데?"

"오디션 봐도 어차피 부장이 뽑을 거잖아."

"채국희! 너 웃긴다? 네가 부장이랑 친하다고 믿는 구석이 있는 모양인데, 그렇게는 안 되지."

"그래, 오디션 봐서 투표로 정하자. 그게 공정하잖아."

"어머, 그럼 누가 겁날 줄 알고? 난 처음부터 연극이 좋아서, 오직 공연이 하고 싶어서 연극부 온 사람이야! 덕질 하러 우르르 몰려온 너희보다 내가 연기를 못할까 봐서?"

"뭐? 너 지금 우리 무시하는 거야?"

그날의 유혈사태는 뜻밖에도 나와 하찌가 아닌 엉뚱한 곳에서 벌어졌다. 나는 하찌를 노려보며 여차하면 책상이라도 걷어차려던 참이었다. 하지만 국희와 우기걸스에게 어이없이 밀려나고 말았다.

"부장! 넌 좀 비켜 봐!"

"그래, 넌 빠지라고. 여주 문제는 우리끼리 해결할 테니까."

여자애들 사이에서 심상치 않게 고성이 오가기 시작하자, 불씨를 던진 하찌는 어느 틈에 유유히 사라져버렸다. 그래도 난 부장이라는 책임감에 어떻게든 국희와 우기걸스 사이에 끼어서 다툼을 중재해보려 애썼다.

"얘들아, 잠깐만! 캐스팅은 대본이 다 완성된 다음에 해도 충분…."

하지만 내게 날아온 건 고린내 나는 실내화 한 짝뿐이었다.

참담한 심정으로 주저앉아 있는데 누군가 내 옷깃을 지그시 잡아당겼다. 녀석이었다.

"가자."

녀석과 둘이 나란히 나오는데 예전과는 다르게 찜찜한 마음이 들었다. 어디에선가 하찌가 우리 모습을 보며 낄낄대고 있을 것만 같았다. 녀석과 함께 있으면서 이렇게 마음이 불편한 건 처음이었다. 하지만 녀석은 그런 내 속도 모르고 유쾌한 목소리로 말했다.

"와, 애들 대단하네. 당 떨어진다. 그치?"

녀석이 가방을 주섬주섬 뒤지더니 초콜릿을 불쑥 내밀었다.

"이거 전에 외국 여행 갔을 때 맛있게 먹은 건데 글쎄, 편의점에서도 팔더라고."

난 썩 내키지 않았지만 초콜릿을 받아 입에 넣었다. 초콜릿마저 쓰디쓰게 느껴졌다.

"요즘 편의점에 없는 게 없어. 진짜 외국 여행 갈 필요가 없다니까."

녀석의 목소리는 어쩐지 평소보다 한 톤쯤 올라간 느낌이었다. 난 부러 퉁명스럽게 대꾸했다.

"외국 여행을 뭐 군것질하러 가냐?"

"그런가? 하하."

녀석의 입가에 미소가 떠올랐다. 내가 너무나 아끼는 그 미소, 내 마음을 한없이 행복하게 하는, 또 아프게 하는 그 미소를 보며 생각했다.

오늘 나한테 무슨 일이 있었는지, 그래서 지금 내 기분이 어떤지 너에게 모두 털어놓고 싶다. 그럴 수만 있다면 내내 지옥을 헤맸던 마음도 따듯하게 녹아내릴 텐데. 몇 번이나 입술이 달싹거렸다. 하지만 안 될 일이었다. 네게 고백하고 싶은 마음보다 널 잃게 될지 모른다는 두려움이 훨씬 더 컸으니까. 오늘 일을 끝까지 숨겨야 할 단 한 사람이 있다면, 그건 바로 너다. 나는 견딜 수 없이 쓸쓸해졌다.

지긋지긋한 더위는 구질구질한 옛 연인처럼 저녁 무렵에도 물러갈 줄 모르고 질척거렸다. 땅에는 길가 배롱나무에서 떨어진 붉은 꽃잎이 점점이 떨어져 있었다. 내 발에 밟힌 꽃잎이 어쩐지 핏자국처럼 느껴져 갑자기 팔에 오소소 소름이 돋았다. 못내 찜찜한 기분을 애써 날씨 탓으로 돌리며 난 녀석과 헤어져 집으로 돌아왔다.

문을 열었는데 오랜만에 아빠 신발이 보였다. 햄버거 하나 사주고 청송으로 떠난 뒤로는 처음 집에 온 거였다. 예상은 했지만 분위기는 냉랭하기 그지없었다. 영혼까지 탈탈 털린 기분인데, 집마저 내가 쉴 곳은 아니었다. 한숨을 쉬며 안방 문을 열었다.

엄마 아빠가 서로에게 등을 돌리고 앉아 있었다. 뚝 떨어진 외로운 두 개의 섬 같았다. 아빠가 나를 보고 억지로 웃어 보였다.

"국대 왔니? 오랜만이다."

그 말을 끊어버리듯 엄마가 서류 봉투를 내 쪽으로 탁 던졌다.

"네 아빠가 선물로 뭘 가져왔는지 좀 봐라."

"애한테 왜 그래?"

아빠가 버럭 하자 엄마는 기다렸다는 듯 목소리를 더 높였다.

"내가 뭘 어쨌다고 그래? 이혼서류 내가 가져왔니? 당신이 가져왔잖아! 그래놓고 왜 또 나만 나쁜 사람 만들어?"

"제발 애 앞에서라도 좀 진정해."

"엄마, 어차피 이렇게 될 거였잖아."

내가 지친 목소리로 말하자 엄마의 눈에 눈물이 그렁그렁했다.

"그래, 네 말이 맞네. 어차피 내 인생이 그렇지. 지지리 복도 없는 팔자가 어디로 가겠어?"

"엄마! 그런 말이 아니잖아."

엄마는 본격적으로 눈물 바람을 시작했다.

"남들처럼 살아보겠다고 그렇게 아등바등 발버둥을 쳤는데. 그게 그렇게 큰 욕심이니? 그냥 평범하게, 그냥 남들처럼….."

"그만하자. 지겹다, 그 레퍼토리도."

아빠가 더는 못 참겠다는 듯 벌떡 일어섰다.

"국대야, 아빠가 미안하다. 다음에 보자."

하지만 그날만큼은 나도 엄마 곁을 지켜줄 힘이 없었다. 난 조용히 내 방으로 와서 문을 닫고 침대에 지친 몸을 부려놓았다.

'너 게이냐?'라는 쪽지의 붉은 글씨가 머릿속을 맴돌았다.

나는 정말 게이일까?

그 질문에 대한 답을 찬찬히 고민해보기도 전에 두려움이 거대한 파도처럼 덥석 밀려 왔다. 파도에 휩쓸려가지 않으려고 난 눈을 감았다. 천장이 뱅글뱅글 돌며 깊은 땅속으로 빨려 들어가는 것 같았다. 엄마의 목소리가 내 몸속에서 메아리쳤다.

남들처럼 평범하게 살고 싶다는데, 그게 그렇게 큰 욕심이니?

소리는 낱낱이 분해되어 내 혈관을 타고 돌아다녔다. 그것들은

자가복제하는 바이러스처럼 자꾸 늘어나 점점 내 심장을 압박해 왔다. 누군가 내 심장을 빨래처럼 비틀어 짜는 것 같이 가슴이 조여왔다. 숨도 턱턱 막혔다.

견딜 수 없어 눈을 번쩍 떴더니 사방에 온통 투명하고 동그란 입자들이 떠다니고 있었다. 그 입자들은 비눗방울처럼 생겼지만, 질감은 말랑말랑한 젤리 같았다. 내가 누워 있는 침대도, 덮고 있는 이불도, 딱딱해야 할 책상마저 모두 조각조각의 동그란 젤리처럼 변해 공기 중을 둥둥 떠다녔다. 젤리들은 제멋대로 작아졌다가는 다시 몸을 한껏 부풀리기도 했다. 개중에는 빵 터지면서 사라져버리는 것들도 있었다. 공기마저 몽글몽글한 젤리처럼 뭉쳐져 좁은 콧속을 비집고 간신히 들어갔다.

숨이 잘 안 쉬어지는 건 그래서였구나. 난 어떻게 해야 할지 몰랐다. 당연했다. 공기가 젤리처럼 변했을 땐 어떻게 대처해야 하는지 누구도 일러준 적 없었으니까. 유튜브를 검색해도 나오지 않을 것 같았다. 폐가 젤리로 가득 차면 나는 어떻게 될까. 점점 더 숨이 가빠졌다. 나는 물에 빠진 사람처럼 허우적거렸다. 팔다리를 마구 휘젓다 보니 처음에는 손가락과 발가락이, 그 다음에는 손과 발이 몸에서 떨어져 나갔다. 이어서 팔뚝과 종아리가, 어깨와 허벅지가 차례차례 떨어져 나가 허공을 떠다녔다. 배꼽이, 성기가, 위장과 식도와 그 밖의 내장들이 하나씩 하나씩, 그리고 마침내 주름진 뇌가 떨어져 나가기 직전에 나는 알아차렸다.

아, 나는 젤리가 되었구나. 마침내 숨을 쉴 수 있게 되었다. 그리고 난 깊은 잠에 빠져들었다.

5

장난처럼
나의 절망은
끝났습니다

담임은 다시 한번 우렁찬 목소리로 강조했다. 우리가 건성건성 듣는 것 같았는지 이번에는 교탁까지 탁 내리쳤다.

"마지막 기회다! 대학을 바꿀 수 있는 마지막 기회! 수도권이냐, 충청권이냐? 2호선을 타느냐 못 타느냐? 이번 여름방학을 놓치면 더 이상 기회는 없어. 그때부턴 쭉쭉 떨어질 일만 남은 거야, 알겠냐?"

마치 홈쇼핑에서 '품절 임박'이 대문짝만한 자막으로 번쩍거리는 와중에 "지금 당장 주문하세요!"를 외치는 쇼호스트 같았다. 마침내 담임이 최후의 사자후를 토해냈다.

"고2 여름방학은 너희 인생에서 가장 중요한 시기란 말이다!"

'알았으니까 제발 집에나 보내주세요.'

반 애들의 원성이 음성 지원되어 메아리치고 있었지만, 담임의 잔소리는 좀처럼 그칠 줄 모르고 계속 이어졌다. 난 원래도 대학엔 큰 관심이 없었지만, 요즘은 워낙 다른 일로 골머리를 앓다 보니 내가 갈 수 있는 대학이 독도든 삼팔선 이북이든 상관할 바가 아니었다.

여름방학, 그건 내게 행운이기도 하고 불행이기도 했다. 쪽지를 보내고 애들 앞에서 도발하는 하찌에게서 놓여날 수 있다는 점에서는 다행스러운 일이었다. 하지만….

내 눈길은 익숙하게 녀석을 향했다. 녀석은 여느 때와 마찬가지로 창가 너머 먼 곳으로 시선을 보내고 있었다. 녀석이 바라보는 것이 무엇이든, 녀석의 곁에서 나도 함께 바라볼 수만 있다면. 녀석을 매일 볼 수 있는 아침은 행복하면서 위태로웠다. 녀석과 가까워질수록 늘 '한 걸음 더'를 바라지 않기 위해 내 마음과 싸워야 했다. 더 바라기 시작하면 더 힘들어질 것 같아서. 혹시나 하는 마음이 역시나로 돌아서게 되는 순간을 피하고 싶어서. 난 겁쟁이였다.

마침내 긴긴 잔소리, 아니 방학식이 끝났다.

이제 당분간 녀석을 매일 볼 수 없다. 방학하는 날 이렇게 아쉬운 기분이 드는 건 학교란 곳을 다니면서 처음 있는 일이었다. 가방을 챙기고 있는 녀석에게 다가가 무심한 척 말을 걸었다.

"방학 때 뭐하냐?"

"학원 다니지, 뭐. 방학특강 오늘부터 당장 시작한대."

녀석이 가볍게 한숨을 쉬더니 물었다.

"넌?"

"나는 뭐, 그냥 집에서."

"열심히 해라. 나 학원 시간 빠듯해서 먼저 간다."

"어, 그래."

녀석은 가방을 메고 성큼성큼 멀어졌다. 녀석의 발걸음에서는 끈적이는 어떤 것도 묻어나지 않는 것 같았다. 그게 또 그렇게 쓸쓸했다.

집에 가는 길에 하찌와 딱 마주쳤다. 연극부에서 하찌가 보란 듯 도발하고 유유히 사라진 뒤로 처음이었다. 지난 며칠 동안 난 되도록 교실을 벗어나지 않으려 했다. 급식 시간에는 속이 안 좋다는 핑계로 점심도 건너뛰며 자리를 지켰다. 혹시나 하찌를 만나게 될까 봐 겁이 나서였다.

그건 내가 한 번도 경험해보지 못한 감정이었다. 부모님은 이틀에 한 번꼴로 동네가 떠들썩하게 싸워 댔고, 엄마는 다단계 회사에 다니면서 여기저기에서 욕을 먹었고, 아빠는 이름만 시인이지 사실상 평생 백수로 살았다. 내 성적은 늘 바닥 언저리를 맴돌았고, 우리 집이 반지하 월세방을 벗어난 건 불과 얼마 전의 일이었다. 하지만 난 그중 어떤 것도 숨기거나 감추려 하지 않았다. 누군가 알게 되고 설사 내게 실망한다 해도, '그게 내 모습인데 뭘 어쩌랴. 더구나 내 잘못도 아닌걸.' 하면 그만이었다.

들키고 싶지 않은 비밀을 품고 있는 것도, 그 비밀이 알려질까 겁이 나는 것도 처음이었다. 왜일까.

녀석을 좋아하는 건 진짜 내 모습이 아니라서?

아니면 동성을 좋아하는 건 내 잘못이니까?

어느 쪽에도 선뜻 고개를 끄덕일 수 없었다. 답답하고 화도 치밀어 올랐다. 하지만 깊이 생각하고 싶지 않았다. 며칠만 지나면 방학이니까 무사히 버텨보자는 생각뿐이었다.

복도에서 하찌와 딱 마주친 순간, 난 가슴이 철렁했다. 마치 큰 잘못이라도 저지른 사람처럼 하찌의 눈을 제대로 쳐다보지도 못하고 고개를 떨군 채 그대로 얼어붙어 버린 것이다. 하찌는 주먹으로 제 가슴을 툭 쳐 보이더니, 내게 피식 비웃음을 날리며 유유히 지나갔다.

나는 한참을 더 제자리에 붙박인 것처럼 서 있었다. 마음 깊은 곳에서 용암처럼 뜨거운 것이 부글부글 끓어올랐다. 당장이라도 쫓아가 하찌의 멱살을 잡아채고 싶었다. 하지만 그러지 못했다. 그럴 수 없다는 걸 내가 누구보다 잘 알고 있었다. 그래서 더 화가 났다. 몸속을 가득 채운 뜨거운 것이 눈까지 차올랐다.

"우국대!"

이럴 수가. 하필이면 채국희한테 들키고 말았다.

"너 뭐야, 설마 울어?"

국희가 얼굴을 바싹 들이대고 물었다. 반쯤 흥미진진하고 반쯤은 걱정스러운 표정으로. 난 얼른 손등으로 눈물을 훔치며 최대한 퉁명스럽게 내뱉었다.

"뭐래? 눈에 뭐가 들어가서 그래."

국희가 깔깔 웃었다.

"난 또, 방학하면 날 못 만나니까 서운해서 질질 짜는 줄 알았지."

"꺼져."

한숨을 쉬며 가려는 내 팔을 국희가 덥석 잡았다.

"우 작가님. 대본은 완성하셨습니까?"

아차 싶었다. 하찌의 쪽지를 받은 뒤로 대본의 존재를 까맣게 잊고 있었다. 하지만 차마 국희에게 사실대로 털어놓을 수는 없었다.

"뭐, 거의."

"오, 그럼 바로 연습 들어가는 거지?"

오호라, 공연 연습!

나는 무릎을 쳤다. 공연 연습을 핑계로 방학 때도 녀석을 만날 수 있다는 생각이 머리를 스친 것이다. 국희가 갑자기 나긋나긋해진 목소리로 말했다.

"국대야, 대본 완성되면 나한테만 먼저 좀 보여줄래?"

요 녀석 봐라? 대본을 먼저 받아서 우기걸스 다른 애들보다 먼저 연기 연습에 돌입하시겠다? 덕질하러 우르르 몰려온 너희보다 못할 줄 아느냐고 큰소리 뻥뻥 치더니만. 난 짐짓 어깃장을 놓았다.

"그건 좀 곤란한데. 공정성 논란이 생길 수도 있고."

"우국대, 너 정말 이러기야?"

"난 다만 부장으로서 모든 것을 절차에 맞게 하려는 것뿐이야."

"그러지 말고 국대야! 나중에 빚 갚을게. 응?"

"알겠어."

나는 국희와 헤어져 곧바로 집으로 향했다. 녀석을 만나려면 하루라도 빨리 대본을 완성해야 했다.

방에 들어오자마자 노트북을 꺼냈다.

(앞부분 줄거리) 귀족의 성에 무사히 잠입한 연우. 가슴에는 날카로운 칼을 품고 있다. 기둥 뒤에 몸을 숨기고 정원을 내려다보고 있다. 아가씨의 아버지가 근심스러운 얼굴로 정원 벤치에 앉아 있다. 그때 아가씨의 어머니가 남편에게 다가간다.

어머니 여보, 약 드실 시간이에요.

아버지 (한숨을 쉬며) 약은 먹어 무얼 하겠소. 하나밖에 없는 딸이 사라진 마당에.

어머니 그러니까 당신이 더 기운을 차려야지요. 그래야 우리 딸한테 어려움이 생기면 우리가 도와줄 수 있죠.

아버지 그래, 당신 말이 맞소. (끙, 하고 몸을 일으킨다.)

어머니 여보.

아버지 왜 그러오?

어머니 우리 아이 무사하겠지요?

아버지 (아내의 어깨를 감싸 안으며) 그럼요. 무사히 돌아올 거요. 꼭.

연우 (두 사람의 모습을 바라보며 괴로워한다.)

난 잠시 키보드에서 손을 떼고 생각에 잠겼다.

내가 연우라면 어떻게 할까? 연우는 시공간을 뛰어넘어 짝사랑하던 그녀를 다시 만났다. 그리고 온갖 어려움을 함께 이겨내며 그녀도 연우를 사랑하게 되었다. 공작은 아가씨의 부모를 없애고 재산만 넘겨준다면 두 사람을 자유롭게 해주겠다고 했다. 마침내 그토록 원하던 그녀와 함께할 수 있게 된 것이다. 하지만 연우가 공작의 말대로 한다면 과연 그녀는 행복할까? 두 사람의 사랑과 행복을 위해 연우는 어떤 선택을 해야 할까?

예전의 나라면 고민할 필요도 없었을 것이다. 사랑하는 여자의 부모님을 내 손으로 없애는 건 상상조차 못할 만큼 끔찍한 일이니까. 하지만 지금은 쉽게 결정할 수 없었다. 연우는 무슨 짓을 해서라도 그녀와 함께하고 싶은 마음일 거다. 그것이 설사 세상 사람들에게 손가락질을 받을 일이라 해도.

난 연우의 마음에 깊이 공감했다. 그러자 아무리 생각을 거듭해 보아도 좀처럼 다음 장면을 쓸 수가 없었다.

문득 녀석이 떠올랐다. 녀석을 보고 나면 해결의 실마리가 보일 것도 같았다. 아니 어쩌면 그건 핑계고 그냥 녀석이 보고 싶은 건지도 몰랐다. 아무래도 상관없었다.

난 자리를 박차고 뛰어나갔다. 녀석은 방학 특강을 들으러 학원으로 바로 간다고 했지. 녀석이 다니는 학원은 우리가 전에 함께 갔던 편의점 위층이라고 했다. 숨을 헐떡이며 그곳으로 달려갔다.

저 멀리 우리의 추억이 깃든 편의점이 보였다. 영화의 한 장면 같았던 그날의 기억이 머리를 스쳤다. 녀석과 처음 가까워졌던 그날, 녀석은 악당에게 참치캔을 던지고 날 위해 당당히 "내가 던졌어." 하고 외쳤다. 그때 녀석이 얼마나 멋졌는지 떠오르자 나는 새삼 가슴이 뭉클했다.

내가 좋아하는 서동욱은 그토록 빛이 나는 사람이라고! 그러니 내가 어떻게 반하지 않을 수 있겠냐고! 녀석을 좋아하게 된 건 결코 내 잘못이 아니라고! 그러니까 쫄지 말라고! 우국대! 알겠냐고!

난 비로소 가슴을 쫙 폈다. 하찌를 만나도 이제 겁나지 않을 것 같았다. 편의점 앞에 서서 학원 창문을 애틋한 눈으로 올려다보았다. 지금 저 안에서 녀석은 한창 열심히 공부하고 있겠지? 아니면 학원에서도 창밖만 내다보고 있으려나? 녀석이 저 안에 있다고 생각하니 처음 와보는 남의 학원이지만 더없이 정겹게 느껴졌다.

하지만 막상 계단을 올라가려니 좀 망설여졌다. 너 누구야? 여긴 왜 왔어? 학원 샘이 그렇게 물으면 어쩌지. 난 하릴없이 서성이다가 먼저 편의점에 들르기로 했다. 녀석이 좋아하는 시원한 우엉차를 한 잔 마시고 나면 용기도 빵빵하게 충전될 것 같았다.

딸랑.

"어서 오세요."

편의점 벨이 울리자, 빨간 조끼를 입은 단발머리 알바생이 소프라노 목소리로 인사를 했다.

그때 1+1 행사 상품이라며 남자에게 참치캔을 던졌던 누나다. 참, 우리랑 동갑이라고 했던가. 나이가 무슨 소용이람 힘세면 다 누나지.

난 경외하는 마음으로 참치캔 누나에게 허리를 숙여 인사하고 곧장 냉장고 앞으로 갔다. 우엉차가 어디 있더라. 눈으로 냉장고 속 음료수들을 훑고 있는데 딸랑, 편의점 벨이 울렸다.

"어서 오…. 어? 벌써 끝났어?"

참치캔 누나의 목소리가 금세 수줍은 '여친 모드'로 변했다. 힐끔 고개를 돌려보니 누나가 초승달 눈으로 함박웃음을 짓고 있었다. 지나가던 사람도 알아차릴 만큼 행복해 보이는 얼굴이었다.

뭐야, 누나 연애하는 거야? 상대는 컵라면 매대에 가려 보이지 않았지만, 누나의 눈에서는 꿀이 뚝뚝 떨어지고 있었다. 좋을 때다, 좋을 때. 나만 빼고 온 세상이 연애하는구나. 나는 속으로 중얼거리며 우엉차를 집어 들었다.

"아니, 잠깐 쉬는 시간."

곧이어 웃음을 잔뜩 머금은 남자의 목소리가 들렸다. 그 목소리를 듣는 순간, 날카로운 칼에 베인 것처럼 심장에서 찌릿한 아픔이 느껴졌다. 난 천천히 계산대로 다가갔다.

아니, 아닐 거야. 세상에 비슷한 목소리를 가진 사람들은 아주 많으니까.

과자 코너를 지났다. 아직 남자의 모습은 보이지 않았다. 침이 바싹 말랐다. 혀로 입술을 축이며 즉석식품 코너를 돌았을 때, 나도 모르게 우뚝 멈춰 서고 말았다. 참치캔에 머리를 강타당한 것처럼 생각도 따라서 뚝 멈췄다. 온갖 종류의 울긋불긋한 컵라면들 사이로 티 없이 해맑은 미소가, 내가 그토록 좋아하는 녀석의 미소가 보였다.

"잠깐인데 뭘 내려왔어?"

"보고 싶어서 왔지."

녀석의 말에 나를 둘러싼 시공간이 갑자기 정지했다. 주변은 온통 하얗게 덮어버리고 오직 두 사람이 머리를 맞대고 속닥거리는 모습만 눈에 들어왔다. 무슨 이야기를 그리도 즐겁게 하는 건지 내가 다가가는 것도 알아차리지 못했다. 웃고 속삭이고, 그러다가 참치캔 누나 (이 와중에 누나는 무슨 누나, 욕 안 하는 것만 해도 감지덕지인데) 아니, 참치캔이 녀석의 어깨를 툭툭 치기도 했다.

녀석은 행복해 보였다. 무대에서 춤출 때와는 또 다른 느낌이었지만 뭐랄까, 편안하고 충만해 보였다. 그래서 내 눈엔 그만 눈물이 비죽 차오르고 말았다.

"아, 계산해 드릴까요?"

먼저 날 발견한 건 참치캔이었다. 난 재빨리 손등으로 눈물을 훔치며 고개를 외로 꼬았다. 녀석이 그제야 날 보고 놀란 얼굴로 물었다.

"어? 우국대. 너 여기 웬일이야?"

나도 놀란 척하며 대꾸했다.

"어? 어. 이 근처에 볼일 있어서 왔다가."

난 애써 태연함을 가장하며 생각난 듯 덧붙였다.

"참, 너 다니는 학원이 여기 어디랬지?"

"응. 바로 위층."

"누구?"

참치캔이 눈을 동그랗게 뜨고 녀석에게 물었다. 그러자 너무나 아무렇지 않은 목소리로 녀석이 이렇게 대답하는 것이었다.

"친구."

친. 구. 두 글자가 내 가슴에 날아와 가시처럼 콕. 콕. 박혔다. 글자가 박힌 곳에서 피가 뚝뚝 흐르는 것 같았다. 그래, 난 너한테 친구밖에는 안 되는 거지. 그 너머를 바라는 건 안 되는 일이지. 사실은 나도 알고 있었어. 알면서도 기대했던 내가 참 밉다. 속으로 철 지난 유행가 가사를 쓰고 있는데, 참치캔이 바코드 찍는 기계를 들고 내게 말했다.

"우엉차 계산해 드릴게요."

난 주머니에서 내 마음처럼 구깃구깃한 천 원짜리를 두 장 꺼내 내밀었다. 녀석은 폰을 꺼내 시간을 확인하더니 아쉬운 목소리로 말했다.

"아, 쉬는 시간 끝날 때 다 됐네. 가봐야겠다."

참치캔이 녀석에게 살랑살랑 손을 흔들었다. 그러자 녀석이 카

스텔라처럼 부드러운 목소리로 확인사살 하듯 말했다.

"이따 봐."

마음 한구석에 혹시나 했던 마음이 와르르 무너지는 순간이었다. 저건 평생 모솔인 내가 봐도 사귀는 사이에서나 할 법한 인사였으니까.

편의점을 나오자 녀석이 쑥스러워하며 말했다.

"나 사실은 현지랑… 아, 쟤 이름이 현지거든."

"미안한데, 내가 지금 좀 늦어서."

"아, 그래. 얼른 가 봐."

녀석이 머쓱한 얼굴로 머리를 긁적였다. 나는 정말 급한 일이라도 있는 사람처럼 휙 돌아서 빠른 걸음으로 걷기 시작했다. 상처받은 마음을 녀석에게 들키고 싶지 않았다. 더 듣고 있다가는 녀석 앞에서 눈물이라도 쏟게 될 것 같았다.

녀석이 편의점에서 날마다 저녁을 해결한다고 했을 때 눈치챘어야 했다. 누나가 아니라 동갑이라고, 그 말을 할 때 녀석의 들뜬 목소리를 알아차렸어야 했다.

우국대 이 바보, 천치, 등신 새끼야!

난 스스로에게 욕을 퍼부었다. 볼을 타고 자꾸만 흐르는 게 땀인지 비릿한 눈물인지 알 수도 없고 알고 싶지도 않았다. 모든 게 귀찮기만 했다. 도저히 집에 들어갈 기분이 아니었다. 발길이 가는 대로 걷고 또 걸었다. 가슴 속에 가득 찬 슬픔이 금방이라도 폭

발할 것처럼 끓어올랐다. 내 심장을 활활 태우고 있는 뜨거운 열기를 오직 작열하는 태양 탓으로 돌리며 나는 계속 걸었다.

등이 땀으로 젖었다. 머리카락에서도 땀이 뚝뚝 떨어졌다. 그래도 멈추지 않았다. 발바닥이 쓰라릴 때까지 닥치는 대로 걸었다. 한여름의 절정이었다. 어느새 어스름이 깔리기 시작했지만, 태양이 한껏 달궈놓은 땅의 열기는 쉽사리 사그라지지 않았다. 다리 밑으로 작은 개천이 흐르는 곳으로 향했다. 올해 유난히 장마가 길었던 탓인지 개천의 물이 제법 불어나 있었다.

땀에 흠뻑 젖은 채 나는 개천으로 내려갔다. 신발을 벗고 두 발을 개천에 담갔다. 물이 무릎까지 올라왔다. 잠깐 상상해보았다. 개천에 빠져도 사람이 죽을 수 있을까? 코를 박고 허우적거리는 모습을 떠올리니 한숨이 나왔다. 죽고 싶은 마음이 없진 않았지만, 우스꽝스럽게 죽고 싶지는 않았다.

개천가를 어슬렁거리다 돌멩이를 주워 물수제비를 떴다. 여기서 내게 물수제비 뜨기를 가르쳐준 사람은 아빠다. 그즈음 아빠는 어느 출판사에서 시집을 출간하자는 연락을 받았다. 십수 년 동안 수없이 쓰고 고치고 다듬고 어루만진 시들이었다. 그때 아빠가 얼마나 기뻐했는지를 생각하면 몇 년이 지난 지금도 눈물이 난다. 그러고 얼마 뒤 석연치 않은 이유로 시집 출간은 없던 일이 돼버렸다.

늦도록 아빠가 들어오지 않고 연락도 되지 않자 엄마와 나는 무

작정 아빠를 찾아 동네를 돌아다녔다. 난 한참을 헤매다가 바로 이 개천에서 아빠를 발견했다. 아빠는 양복바지를 흠뻑 물에 적신 채로 물수제비를 뜨고 있었다.

"아빠, 여기서 뭐해?"

내가 성을 내며 물었지만 아빠는 날 쳐다보지도 않고 계속 돌멩이를 던지는 데만 집중했다.

퐁.퐁.퐁.퐁.퐁.

돌멩이가 연이어 물살을 일으키며 멀리멀리 날아갔다. 나는 아빠 곁으로 다가가 돌멩이의 뒷모습을 함께 바라보았다. 아빠가 나지막이 중얼거렸다.

"떠나보내는 거야."

도대체 뭘? 물으려다 그만 입을 다물었다. 아빠의 눈에 모든 대답이 담겨 있었으니까.

"나도 한번 해볼까?"

나는 돌멩이를 하나 주워 던져보았다. 하지만 돌멩이는 물속으로 퐁당 빠져버렸다. 아빠가 내게 돌멩이를 하나 건네며 말했다.

"납작하고 매끈한 걸로 골라야 해. 너무 무겁지 않은 걸로. 그리고 허리를 구부려서 돌이 물과 수평이 되도록 던지는 거야."

몇 번의 실패 끝에 드디어 파문을 일으키며 멀리까지 보내는 데 성공했다. 아빠와 나는 마침내 우리를 찾아낸 엄마가 동네가 떠나가도록 소리를 지를 때까지 계속해서 물수제비를 떴다.

퐁.

오랜만에 하니 역시 처음엔 잘 되지 않았다. 나는 신중히 돌을 골라 자세를 가다듬고 다시 돌멩이를 던졌다.

퐁.퐁.퐁.퐁.퐁.퐁.

돌멩이는 뒤도 돌아보지 않고 미련 없이 날아갔다.

한 번 더 던졌다. 한 번, 또 한 번….

떠나보내는 거야.

녀석의 환한 미소가, "미안." 하면서 웃던 그 눈매가, 참치캔을 던지고 태연히 우엉차 뚜껑을 열던 그 모습이, 용 문신을 한 남자가 다가올 때 점차 가빠지던 그 숨소리가, 내게 어깨동무할 때 찌릿했던 그 느낌이, 우리를 둘러싼 세상이 온통 멈추어버린 것 같던 그 시간이, 쏟아지던 그 별들이, 뜨거운 내 눈물이 볼을 타고 흘렀다. 입에서 짭짤한 맛이 느껴졌다. 흐르는 것을 주먹으로 훔쳐내며 나는 돌멩이를 던지고 또 던졌다.

마침내 던질 돌이 하나도 남지 않았다. 내 영혼도 육체만 남겨두고 남김없이 빠져나간 것 같았다. 우두커니 서 있는 내 앞으로 붉은 꽃잎 하나가 물살을 타고 떠내려왔다. 선연한 자줏빛 꽃잎은 티끌만치도 다친 곳 없이 곱고 깨끗했다. 손을 내밀어 잡을까하다 그만두었다. 멀어져가는 꽃잎을 보고 있자니 이상하게 눈물이 났다. 흐르는 눈물을 닦을 생각도 하지 못하고 나는 휘적휘적 개천에서 나왔다.

어느덧 어둠이 내려앉았다. 땀이 식으며 등골이 서늘해졌다. 나는 두 팔을 모아 여윈 가슴을 감싸 안고 떨면서 집으로 발길을 돌렸다.

♡❀♡

현관문을 열었다. 집안이 컴컴했다. 엄마가 식탁에 앉아 혼자 소주를 마시고 있었다. 언제는 맨정신으로 버텨보겠다더니, 아빠가 이혼서류를 놓고 간 뒤로는 매일 술이다. 나도 모르게 목소리에 날이 섰다.

"또 마시는 거야?"

엄마가 고개를 부스스 들더니 게슴츠레한 눈으로 날 보았다.

"어? 우리 아들 왔어?"

혀가 꼬이는 걸 보니 이미 꽤 마셨다.

"왜 이렇게 늦었어? 걱정했잖아."

"난 됐고, 엄마 걱정이나 하세요."

방으로 들어가려는데 엄마가 날 붙잡았다.

"아들! 너 얼굴이 왜 그 모양이야? 어디 아파?"

메마른 엄마의 볼에 움푹 팬 주름. 늙었구나, 우리 엄마. 행복하지 못하게 늙어버렸구나. 가슴이 아렸다. 난 의자를 당겨 엄마 맞은편에 앉았다.

"엄마랑 아빠는 왜 이렇게 됐어? 예전에는 서로 사랑했잖아."

엄마의 눈이 흔들렸다. 소주를 따르더니 한입에 털었다.

"그랬지. 근데 왜 이렇게 됐을까. 나도 잘 모르겠네."

"엄마."

"응?"

문득 엄마에게라도 아픈 내 마음을 털어놓고 싶어졌다. 사랑에 실패한 사람들끼리는 서로를 위로해줄 수 있지 않을까?

"나 좋아하는 애가 있어요."

"정말? 우리 국대 여친 생긴 거야?"

"아니. 여친은 그 녀석이 생겼지."

엄마의 눈이 휘둥그레졌다. 도대체 무슨 말이냐는 듯. 이런 식으로 털어놓아도 되는 걸까. 나 역시 확신할 수는 없었지만, 한편으로는 무슨 상관이랴 싶었다. 그저 그 순간, 녀석의 미소가 너무나도 또렷이 떠올랐을 뿐이다. 내 마음을 환하게 밝혀주던 녀석의 따듯하고 해맑은 그 미소. 결국은 내 마음을 갈가리 찢어놓고만 그 미소.

내가 정말 사람들이 말하는 게이인지 아직은 나조차 알 수 없었다. 하지만 이것만은 확실했다. 녀석은 내게 한없는 기쁨과 또한 한없는 슬픔을 동시에 안겨주었다. 녀석이 내 마음속에 들어오면서 난 전과는 완전히 다른 사람이 되었다. 녀석은 내가 태어나 처음으로 사랑하게 된 사람이었다. 난 침을 한번 꿀꺽 삼켰다.

"내가 좋아하는 애, 남자거든."

엄마는 술이 확 깬 얼굴이었다.

"뭐? 너 그게 무슨 말이야?"

난 다시 한번 또박또박 말했다.

"내가 좋아하는 애가 있는데, 걔가 남자라고."

"우국대, 너 진짜야?"

난 고개를 끄덕였다. 그러자 엄마가 또 물었다.

"그럼 너 혹시 여자가 되고 싶은 거야?"

난 답답해서 한숨이 나왔다.

"그런 거 아니야. 그냥 어떤 남자애가 좋아졌다고. 그것뿐이라고!"

엄마는 잠시 멈칫하더니 다시 입을 열었다.

"국대야, 네 나이 때는 그럴 수 있어. 친구를 너무 좋아하다 보면 그걸 사랑이라고 착각할 수도 있는 거야."

"엄만 내가 바본 줄 알아?"

"너 아직 여자친구 한 번도 안 사귀어 봤잖아. 너도 여자랑 사귀어보면 생각이 달라질 거야."

"난 그냥 걔가 좋아! 남자가 좋은 게 아니라 그냥 그 사람이 좋다고! 걔만 보면 너무너무 좋아서 미치고 환장하겠다고! 여기가!"

나는 가슴을 팍팍 두드리면서 소리를 질렀다.

"여기가 너무 아파서 꼭 죽을 것 같다고! 걔랑은 안 된다고, 꿈도 꾸지 말라고 해도 내 마음이 내 마음대로 안 되는 걸 나더러

어쩌라고."

눈물이 와락 쏟아졌다. 엄마 앞에서 이러는 내가 칠푼이 같고 너무너무 싫었지만, 눈물을 멈출 수가 없었다. 난 그냥 주저앉아서 펑펑 울어버렸다.

"엄마도…."

난 꺼이꺼이 울면서 한 마디씩 간신히 이어갔다.

"엄마도 그랬잖아. 그 사랑은 안 된다고, 할머니가 그렇게 반대를 해도… 그래도 멈출 수가 없었잖아. 나도 그렇다고!"

엄마는 아무 말도 하지 못하고 가만히 서 있기만 했다. 나는 울부짖듯이 외쳤다.

"근데 엄마가 날 이해 못 해 주면 어떡해! 남들이 안 된다고 해도, 세상이 다 안 된다고 해도 엄마는 그러면 안 되잖아."

나는 서러움에 겨워 꺽꺽 소리를 내며 흐느꼈다. 엄마가 창백한 얼굴로 다가와 나를 꼭 안아 주었다.

"국대야, 내 아들."

"… 엄마는 그러면 안 되는 거잖아."

난 그냥 엄마 품에서 어린아이처럼 안겨 펑펑 울었다.

"그래. 네 말이 맞아."

엄마가 내 등을 쓸어주며 중얼거렸다.

"누가 허락하고 말고가 어디 있어, 내가 좋다는데."

엄마 품에 안겨 엉엉 우는 동안 마음이 점점 편안해졌다. 이제

비로소 대본의 마지막 장면을 쓸 수 있을 것 같았다.

♡❀♡

오디션을 보는 날, 국희는 어디에서 샀는지 귀족 아가씨 같은 의상까지 갖춰 입고 화려하게 등장했다.

아, 채국희. 이러면 내가 대본 먼저 넘긴 게 너무 티 나잖아.

나는 살짝 뒷골이 당겼다. 하지만 막상 오디션이 시작되자 연기는 물론 노래까지 완벽히 소화해내는 국희의 열정에 나는 물론 우기걸스 회원들의 입까지 떡 벌어지고 말았다. 국희의 뒤를 이어 오디션에 참가한 여자애들은 간신히 대사 몇 마디를 하고는 서둘러 무대를 내려왔다. 급기야 오디션을 포기하겠다는 애들까지 속출했다. 덕분에 오디션은 예상보다 싱겁게 끝났다. 우기걸스 회원들은 패잔병처럼 축 처진 어깨를 하고 물러갔다. 드디어 프리마돈나의 꿈을 이루게 된 국희는 기뻐서 어쩔 줄 몰랐다.

"오늘은 내 인생 최고의 날이야. 국대야, 고마워."

"네가 열심히 해서 그런 거지 뭐."

"내가 떡볶이 쏜다! 가자, 애들아."

"와!"

광수와 선영이가 졸고 있는 상혁이를 질질 끌고 나갔다.

"우 작가님, 안 가고 뭐 해?"

"너희끼리 즐겨라. 난 바쁜 일이 있어서."

"그래도 네가 빠지면 서운한데."

국희는 말만 그렇게 하고는 날아가듯 동아리실을 빠져나갔다. 북적거리던 동아리실이 갑자기 텅 비어버리자, 적막감이 턱 밑까지 차올랐다.

녀석은 결국 오지 않았다.

나는 녀석이 보낸 메시지를 다시 열었다.

- 국대야, 현지 어머니께서 갑자기 편찮으셔서 내가 편의점 알바를 대신해준다고 했어. 현지는 괜찮다고 그냥 빵꾸 내고 짤려도 된다고 하는데 어떻게 그래.
- 현지네 사정이…. 암튼 오디션 못 가서 진짜 미안. 무슨 역할이든 네가 시키는 대로 다 할게!!!!

그러고도 녀석은 연거푸 미안하다며 싹싹 비는 모양의 이모티콘을 보내왔다. 편의점 알바라니, 아마도 태어나 처음일 거다. 녀석이 빨간 조끼를 입고 서툰 솜씨로 바코드를 찍고 손님에게 허리 굽혀 인사하는 모습을 떠올려 보았다. 어쩌면 함부로 대하거나 억지를 부리는 손님을 만나게 될지도 모른다. 그래도 녀석은 죄송하다며 공손하게 고개를 숙이겠지.

그런 녀석에게 나는 격려는커녕 삐진 사람처럼 답 메시지도 보내지 않았다. 좁아터진 소갈머리하고는, 스스로 생각해도 혀를 찰

지경이었지만 어쩔 수 없었다. '현지'라는 말만 들어도 세상이 무너지는 기분인 걸 나더러 어쩌라고. 그래도 답을 보내야겠지. 아무렇지 않은 척, 상처받은 마음을 숨겨야겠지.

- 오디션 보느라 답이 늦었네. 연우 역할 맡아줄래? 우기걸스 애들이 너 아니면 안 된다고 난리야. 딱히 하겠다는 애가 없기도 하고.

몇 번이나 썼다 지웠다 반복하며 간신히 메시지를 완성했을 때였다.

"뭐야, 오디션 본다더니 조용하네?"

뜻밖의 목소리에 소스라쳐서 그만 휴대전화를 떨어뜨리고 말았다. 오디션 날짜와 장소는 연극부 단톡방에만 공지했다. 하찌도 연극부 단톡방에 들어와 있었던가? 생각해보면 당연한 일이었다. 하찌도 연극부 부원이니 단톡방을 개설한 사람이 당연히 초대를 했을 것이다. 하지만 하찌는 지금껏 한 번도 대화에 참여한 적이 없어서 단톡방 공지를 보고 여기 나타날 줄은 꿈에도 생각하지 못했다. 난 휴대전화를 주울 생각도 못 하고 그대로 굳어버렸다.

하찌는 주머니에 손을 찌르고 건들거리며 다가왔다.

난 잘못이 없어! 내가 왜 쫄아? 나는 당당해!

속으로 주문을 외어 보았지만, 자꾸만 심장이 제멋대로 펄떡거렸다. 하찌는 아무렇지 않은 얼굴로 성큼성큼 내 코앞까지 왔다. 나도 모르게 숨을 훅 멈추었다. 하찌가 별안간 허리를 숙이더니 떨어진 휴대전화를 주워서, 내게 불쑥 내밀었다. 나는 떨떠름한 얼굴로 휴대전화를 건네받았다. 하찌가 피식 웃더니 툭 던지듯 말했다.

"네 남친은? 안 보이네?"

나는 주먹을 꽉 쥐었다.

"너지, 이상한 쪽지 보낸 거?"

"아, 그거."

하찌의 입가에 야비한 웃음이 떠올랐다.

"한번 찔러봤지. 근데 너 파르르 떠는 거 보니까 내가 제대로 짚었나 보다?"

나는 마른침을 꿀꺽 삼켰다. 그리고 결심한 듯 확 질러버렸다.

"그래, 네 말이 맞아. 나 서동욱 좋아해."

에라 모르겠다.

"그 녀석 보면 좋고, 더 알고 싶고 가까워지고 싶고 그래. 걔가 다른 애랑 연애한다니까 속에서 막 열불이 나."

하찌의 얼굴에서 웃음기가 사라졌다. 난 쐐기를 박듯 한 마디씩 끊어 또박또박 말했다.

"근데 뭐, 어.쩌.라.고."

하찌는 얼빠진 사람처럼 멍해져서는 아무 대꾸도 하지 못했다. 그러다 잠시 뒤 기가 막힌 듯 말했다.

"하, 그래? 그렇게 당당하면 다른 애들이 다 알아도 상관없겠네?"

하찌가 눈을 부라리며 말했다.

"네가 게이라는 걸 말이야."

그때 문이 쾅 열렸다.

"야, 하지경!"

채국희였다.

국희는 하찌를 향해 거침없이 다가오더니 다짜고짜 내질렀다.

"내가 김가을한테 다 들었거든? 너희 둘이 버거짱 갔을 때 가을이가 팔짱 끼려고 했더니 네가 흠칫 놀라면서 피했다며?"

국희가 팔짱을 끼고 하찌 앞에 버티고 섰다.

"가을이가 존심 상해서 다른 애들한테는 말 안 했다는데, 너 뭐 하는 짓이야? 좋아하지도 않으면서 사귀자고 하고 애들 앞에서 꽃다발 바치면서 쇼하고."

하찌의 얼굴이 창백해졌다.

"너야말로 여자 안 좋아하잖아. 근데 가을이한테 왜 그러냐고? 너 사람 가지고 장난치냐?"

국희가 낮은 목소리로 덧붙였다.

"어디 가서 국대 얘기 입만 뻥긋해봐. 나도 가만있지 않을 테니까."

하찌는 뭔가 말하려다 그만 다시 입을 다물어버렸다. 우락부락한 근육 낙지가 순식간에 뜨거운 물을 뒤집어쓴 것처럼 비칠거렸다. 하찌는 나지막이 욕설 비슷한 걸 중얼거리더니 그대로 획 나가버렸다.

나는 어안이 벙벙했다. 국희가 내게 눈을 찡긋했다.

"가을이한테 얘기 듣자마자 바로 느낌이 왔지."

"뭐?"

"김가을처럼 예쁜 여자애가 팔짱 끼는데 그걸 피해? 그것도 가을이를 좋아한다고 전교생 앞에서 고백까지 한 애가? 감이 팍팍 온다고."

국희 말은 묘하게 설득력이 있었다. 거기 홀려서 나도 모르게 바보처럼 묻고 말았다.

"그, 그럼 나는?"

국희가 날 빤히 쳐다봤다.

"너? 당연한 거 아니야?"

"…?"

"생각해봐. 신생아 때부터 나랑 그렇게 붙어 다녔는데도 나의 치명적인 매력에 안 넘어왔잖아. 그럼 뻔한 거 아니야? 네 취향이 그쪽이란 거, 사실 난 한참 전부터 짐작하고 있었어."

"뭐야?"

채국희는 진짜 못 말린다. 난 그만 웃음이 터져버렸다.

"근데 국대 넌, 사랑 고백을 왜 뜬금없이 하찌한테 하냐? 서동욱한테 해야지."

"걔 여자친구 생겼어."

국희가 내 어깨를 토닥였다.

"상처 입은 나무가 더 크게 자라는 법이야."

"정말?"

"아니면 말고."

"암튼 오늘 고맙다."

"빚 갚은 거야. 대본 나한테 먼저 준 거. 떡볶이 먹고 있는데 하찌가 학교로 들어가는 게 보이더라고. 그래서 얼른 쫓아와 봤지."

난 새삼 놀랐다. 국희 넌, 이미 다 알고 있었구나.

"힘내, 국대야. 네가 날 안 좋아한다는 게 좀 아쉽기는 하지만, 그래도 난 널 응원할게."

국희 말이 맞았다. 채국희는 정말 '인생에 꼭 필요한 단 한 명의 친구'였다.

♡❀♡

새로 단장한 강당은 연극 무대로 손색이 없었다. 학생들의 동아리 활동을 적극적으로 지원해주겠다는 교장샘의 호언장담은 결코 허세가 아니었다. 방학한 날부터 공사에 들어간 강당은 개학과 동시에 새 단장을 마쳤다. 완공 기념으로 학교에서는 동아리 발표회를 위해 어마어마한 예산까지 지원해주었다. 덕분에 우리 연극부는 무대도 제법 그럴듯하게 꾸밀 수 있었고, 배우들의 의상도 마련할 수 있었다.

치열한 오디션을 거쳐 선발된 배우들은 단 한 번의 공연을 위해 무더운 여름 땀 흘리며 맹연습을 해왔다. 무대 뒤에 있는 준비실에서 나는 떨리는 마음으로 분장을 마무리하고 있는 배우들을 둘러보았다. 문밖에서는 어서 공연을 시작하라는 전교생의 아우성이 메아리치고 있었다. 난 비장하게 외쳤다.

자, 이제 무대는 우리 것이다! 가라!

는 무슨. 떨려 죽겠다. 과연 우리가 전교생 앞에서 이 공연을 잘해낼 수 있을까? 하찌 말대로 애들이 야유를 퍼부으면 어쩌지?

아름다운 귀족 아가씨로 분장한 국희가 제자리에서 뱅글뱅글 돌며 소리쳤다.

"난 이날만을 기다렸어! 내가 무대를 확 휘어잡을 테니 걱정 마, 부장!"

"무대를 즐기자!"

녀석도 환하게 웃으며 호응했다. 사실 우리 학교 '핵인싸'인 녀석이 남자 주인공을 맡았으니 관객의 반응은 걱정할 필요가 없을 터였다.

아가씨의 부모로 분장한 광수와 선영이도 힘차게 고개를 끄덕였다.

"내가 이 칼로 무대를 찢어놓겠어!"

공작 역을 맡은 상혁이가 칼을 휘두르며 너스레를 떨었다. 그 누구도 예상하지 못한 일이었다. 맨날 엎드려 잠만 자던 상혁이에게 놀라운 연기 재능이 있을 줄이야.

실은 오디션을 마치고도 나는 공작 역을 정하지 못해 끙끙거리고 있었다. 그런데 뜻밖에 국희가 상혁이를 추천한 것이었다. 국희 말에 따르면, 오디션이 끝나고 다 같이 떡볶이를 먹다가 국희가 귀족 아가씨의 대사를 한 마디 던졌는데, 갑자기 상혁이가 그에 이어지는 공작의 대사를 줄줄 읊더란다. 모두 깜짝 놀라 먹고 있던 떡볶이를 뿜고 말았는데, 특히 광수는 매운 떡볶이 양념이 코로 들어가 눈물까지 줄줄 쏟았다고 했다. 그동안 연극부에 와서 엎드려 자는 줄만 알았던 상혁이가 실은 눈을 감고 속으로 계속 대사를 외우고 있었다니 이거야말로 정말 놀라운 반전이었다.

"공작 나리, 공연 중에 무대 뒤에서 잠들지나 마세요."

녀석이 호위무사의 칼로 상혁이의 칼을 받아치며 말했다. 챙, 챙, 준비실에서는 난데없는 칼싸움이 벌어졌다. 그때 밖에서 동아리 발표회의 사회를 맡은 유성우의 우렁찬 목소리가 들렸다.

"다음 순서는 연극부의 공연입니다. 아주 엄청난 무대를 준비했다고 들었는데요. 열화와 같은 박수 부탁드립니다. 제목은, 이게 나의 사랑인걸요!"

"우아!"

박수 소리가 강당에 울려 퍼졌다. 난 무대로 나가는 녀석을 향해 고개를 한번 끄덕여주었다.

　캄캄했던 무대가 밝아지고 녀석이 등장하자 강당이 떠나갈 듯 천둥 같은 함성이 쏟아졌다. 우기걸스 회원들은 녀석의 이름을 목청껏 외치다가 사회자에게 제지를 당하기도 했다. 나는 빠끔 열린 준비실 문을 통해 연우가 된 녀석의 뒷모습을 물끄러미 바라보았다.

　사실 내가 쓴 이야기 속의 연우는 곧 나였다. 대본을 쓰며 연우의 입을 빌려 그동안 차마 녀석에게 전하지 못했던 나의 마음을 대사로, 노래로 표현할 수 있었다. 그런데 다른 누구도 아닌 녀석이 무대 위에서 연우가 되어주다니. 그건 마치 녀석이 내게 주는 마지막 선물인 것 같았다. 난 무대 뒤에 서서 녀석의 선물을 천천히 풀기 시작했다.

　(지친 모습으로 공작의 앞에 나타난 연우. 어깨에 커다란 자루를 메고 있다. 자루는 피로 물들어 있다.)

연우 약속대로 귀족 내외의 목을 가져왔다.
　(하녀들은 비명을 지르고 아가씨는 정신을 잃고 까무러친다.)
공작 (비열하게 웃으며) 여봐라! 저놈을 당장 잡아라!
연우 (당황한 몸짓으로 저항하다 병사들에게 잡힌다.)
공작 내 장인 장모님께서 웬 자객에게 목숨을 잃으셨다는 소문을 들었는데, 그놈이 제 발로 날 찾아오다니. 하늘이 내게 원수를 갚을 기회를 주시는구나.

연우 극악무도한 놈! 그분들을 없애라고 날 보낸 장본인이 네놈이 아니냐!

공작 저놈이 실성한 모양이로구나. 헛소리하는 걸 보니.

연우 (하녀들이 기절한 아가씨를 부축해 나가는 뒷모습을 눈으로 좇는다. 그들이 완전히 나간 뒤에 자루를 공작의 앞에 던진다.) 직접 확인은 해봐야지?

(공작이 천천히 다가와 자루를 연다. 자루 안에 손을 넣는 순간, 무대 깜깜해진다.)

(기절한 아가씨를 부축해 가는 하녀들에게 공작의 병사 한 명이 다가온다.)

병사 공작 나으리 명령이다. 당장 아가씨를 비밀 장소로 모셔가라고 하셨다.

(하녀들이 아가씨를 내어주자, 병사는 아가씨를 안고 성 밖으로 달려간다.)

아가씨 (정신이 든다.) 당신 누구예요? 지금 어디로 가는 거예요?

병사 무사님이 아가씨를 부탁하셨어요. 조금만 가면 아가씨의 부모님이 보내신 병사들이 숨어 있습니다. 그곳으로 모셔다 드릴게요.

아가씨 우리 부모님은? 돌아가신 게 아닌가요?

병사 무사하십니다.

아가씨 그럼 무사님은?

(그때 성에서 펑 하는 폭발음이 울려 퍼지며 다시 무대 깜깜해진다. 어둠 속에서 아가씨의 절규만 들려온다.)

아가씨 안 돼! 안 돼! 무사님!

(연기가 자욱한 무대에 천천히 희미한 빛이 비치고 쓰러진 연우가 노래한다.)

먼 길을 돌아왔죠

그대가 보고파서 또 그댈 놓쳤네요

세상이 운명이 우린 안 된다 하네요

때론 길을 잃고 또 눈물 흘리겠죠

먼 길을 다시 또 떠나야겠죠

하지만 나는 멈추지 않을 거예요

언젠가 내 사랑을 찾을 거예요

그 누가 뭐라 해도 이게 나의 사랑인걸요

그 여름의 끝

아빠가 연극부 공연을 보러 청송에서 올라왔다고 해서 조금 감동할 뻔했다. 그런데 알고 보니 그건 그냥 핑계에 불과했다. 공연이 끝나고 연극부원들과 뒤풀이까지 마치고 집에 갔더니 아빠가 거실에 앉아 날 기다리고 있었다.

"엄마한테 들었는데, 너 그게 대체 무슨 소리냐?"

아빠는 언짢은 목소리였다.

"무슨 소리냐니?"

아빠가 인상을 찌푸렸다.

"남자를 좋아한다고 했다며. 우국대, 너 그게 무슨 뜻인지 알고 하는 말이야? 어디서 그런 소리를 함부로 해?"

분명히 말하지만 난 아빠랑 싸우고 싶은 마음은 전혀 없었다. 하지만 아빠는 그렇지 않은 모양이었다.

"그깟 감정 아무것도 아니야. 시간 지나면 다 잊어버릴 거라고."

"그렇게 쉽게 얘기하지 마!"

"국대야, 아빠는 네가 더 힘들어질까 봐 그러는 거야. 남들이랑 다르게 사는 게 얼마나 힘든 건지 네가 아직 몰라서 그래."

"아니, 나는 내 마음이랑 다르게 사는 게 훨씬 더 힘들 것 같아."

"뭐? 너 그럼 동성애자가 되겠다는 거야?"

"내가 그렇게 생겼으면 그렇게 살아야지 어떡해?"

"이게 근데!"

뺨에 불이 번쩍했다. 난 믿을 수가 없었다. 엄마가 놀라서 날 감싸 안았다.

"왜 애를 때리고 그래?"

"당신 애 하는 말 못 들었어?"

"들었어."

"듣고도 그래?"

"당신이 그랬잖아."

엄마가 떨리는 목소리로 말했다.

"산은 산이라서 높고 푸르고, 강은 강이라서 깊고 맑다고. 그리고 그대는 그대라서 아름답다고."

"갑자기 그 얘기가 왜 나와?"

"국대가 누굴 좋아하든, 우국대는 우국대야. 내 아들은 지금 모습 그대로 소중한 사람이라고. 세상 사람들이 다 뭐라고 해도 나는 우리 아들 지켜줄 거야."

…그 여름은 유난히 뜨거웠다.

이글거리며 끓어오른 태양은 불길을 넘실대며 땅 위의 모든 것들과 나의 마음을 활활 태우다가 마침내 여름까지 집어삼켜 버렸다. 백일동안 피고 지고 또 피었던 꽃도 마침내 마지막 남은 붉은 꽃잎을 핏방울처럼 떨구었다. 여름이 머물던 자리에 서늘한 가을의 바람이 손길을 내밀었다. 이제 곧 자애로운 가을의 햇살 아래서 때로는 비에 젖고 때로는 바람에 흔들리며 나는 천천히 익어갈 것이다.

어떤 빛깔과 모양이 될지 아직은 나조차 짐작할 수 없다. 지금 모습 그대로일 수도 있고, 혹은 지금과는 전혀 달라질 수도 있으리라. 어느 쪽이든 상관없다. 내 마음 깊은 곳에 단단한 씨앗처럼 굳건한 사랑을 품고 있다면 말이다.

서늘한 바람이 불어왔다.

여름이여, 안녕.

잘 기억나지 않아요. 처음 국대를 만난 게 언제쯤이었는지, 어디에서였는지. 확실한 건 국대가 아주 오랫동안 내 마음속에서 살고 있었다는 거예요.

이십여 년 전, 캐나다의 한 대학에서 조금은 특별한 교수님의 특강을 들은 적이 있었어요. 남성에서 여성으로 성전환을 한 천문학과 교수님이었지요. 그때 가장 인상 깊었던 말은 이랬어요.

"성별을 바꾸고 나서 제가 속한 대학에서 달라진 것은 오직 한 가지밖에 없습니다. 제 연구실 앞 이름표에 적힌 'Mr.'가 'Ms.'로 바뀐 것뿐이죠."

만일 우리 사회라면 어떨까 생각해보았어요. 아마도 이름표

외에도 많은 것들이 달라졌을 테지요. 가장 먼저 떠오른 생각은, 그 교수님이 대학에서 계속 강의를 할 수 있었을까? 하는 것이었어요.

그로부터 십여 년 뒤, 형빈이(가명)를 만났어요. 남고에 다니던 형빈이는 말투와 성격이 여성스럽다는 이유로 같은 반 친구들에게 '게이'라고 놀림을 받았어요. 형빈이가 결국 1학년을 끝마치지 못하고 학교를 그만두게 되었을 때, 그 아이의 쓸쓸한 눈빛은 내 마음에 오래오래 남았어요. 언젠가는 형빈이의 이야기를 소설로 써야겠다고 생각하게 되었지요.

이 소설을 준비하며 몇몇 성소수자 청년들을 만났어요. 자신이 좋아하는 일을 열심히 하며 행복하게 살아가는 청년들이었어요. 그들은 늘 비밀을 간직한 채 살아가는 데 익숙했어요. 하지만 그들 역시 '언젠가 비밀이 탄로 나지 않을까, 그 때문에 내 삶이 한꺼번에 망가지는 것은 아닐까' 하는 염려에서 완전히 자유롭지는 못했어요. 그것은 마치 보이지 않는 유리막 속에서 사는 것과 비슷했어요. 가족이나 아주 가까운 친구에게도 '진짜 내 모습을 보여줘도 될까'를 끊임없이 고민하고 갈등해야 하니까요.

태어날 때부터 갑갑한 막 속에 갇혀 살아가야 한다면 조금씩 거기에 익숙해지겠지요. 하지만 그 막에서 한번 벗어나 볼 수 있다면 그동안 얼마나 갑갑했는지 비로소 느낄 수 있을 거예요. 거꾸로 한 번도 막 속에 들어 가보지 않은 이들이 막 속의 삶이 어떤지를 온전히 이해하기는 어렵겠지요. 하지만 내가 가진 편견이 다른 이들을 가두는 막이 된다면 당신은 어떻게 하시겠어요?

이 소설을 써야겠다고 생각하고 성소수자 분들과 인터뷰도 했지만, 막상 어떻게 이야기를 시작해야 할지 몰라 고민만 깊어지던 어느 날이었어요.

비가 주룩주룩 내리던 늦은 오후, 국대가 처음으로 내게 말을 건넸어요.

> 백일홍 억센 꽃들이 두어 평 좁은 마당을 피로 덮을 때
>
> - 이성복 시, 〈그 여름의 끝〉 중에서

그곳에 국대가 서 있었어요.

핏방울처럼 붉은 꽃잎을 뚝뚝 떨어뜨리면서.

국대는 울고 있었어요. 그것도 아주 서럽게 말이에요. 나까지 가슴이 뻐근해지며 덩달아 눈물이 흘렀지요. 나는 그만 당황하고 말았어요. 국대는 밝고 행복한 아이였으면 좋겠다고 어렴풋이 생각하던 참이었거든요.

나는 조심스럽게 물으려 했지요. 왜 그리 슬퍼하느냐고. 하지만 물을 필요가 없다는 걸 곧 알게 되었어요. 나 역시 국대처럼 사랑

때문에 슬피 울던 날이 떠올랐으니까요.

그래, 그렇지. 사랑은 아픈 거지. 목이 메도록 슬픈 거지.

너도 다르지 않구나. 사랑 때문에 많이 아프구나.

그리고 마침내 노트북을 열어 글을 쓰기 시작했어요. 나와 다르지 않은 국대의 이야기를, 서툴고 때론 창피하고 감추고 싶지만, 되돌아보면 찬란하기 그지없는 첫사랑 이야기를 말이에요.

독자들도 국대의 이야기를 다른 이름이 아니라 그저 사랑 이야기로 받아들여 준다면 참 좋겠어요.

청소년기는 다양한 탐색을 통해 자신의 정체성을 찾아 나가는 시기지요. "이 길은 안 돼, 정해진 길로만 가야 해."라고 말하는 대신, "네가 어떤 모습이라도 괜찮아. 있는 그대로의 널 사랑한단다."라고 지지하며 지켜봐 주는 어른들이 더 많아지면 좋겠어요. 아이들이 스스로 자신의 길을 찾아갈 수 있도록요.

사랑은 억지로 노력한다고 해서 되는 게 아니잖아요. 사랑을 해본 사람이라면 누구나 알 거예요. 남들이 한다고 해서, 따라 하고 싶다고 해서 사랑하는 마음이 생기지는 않는다는 걸. 사랑은 우리의 마음속에서 저절로 우러나오지요. 그런데 어느 날 생겨난 그 마음 때문에 누군가는 스스로를 탓해야 한다면 그건 큰 불행일 거예요.

나는 세상의 모든 '국대'들이 조금이라도 더 행복해지길 바라는 마음으로 이 글을 썼어요. 그것이 결국은 우리 모두를 더 자유롭고 행복하게 하는 길이라 믿으니까요.

마지막으로 제목과 목차에 시 〈그 여름의 끝〉의 일부분을 사용할 수 있게 허락해주신 이성복 시인께 깊은 감사의 마음을 전합니다.

2022년 1월
이진미